Kurz vor Mitternacht

Sammler-Edition

AGATHA CHRISTIE

Kurz vor Mitternacht

Sammler-Edition

Scherz
Bern – München – Wien

Einmalige Ausgabe 1995
Überarbeitete Fassung der einzig
berechtigten Übertragung aus dem Englischen
von Ursula von Wiese
Titel des Originals: »Towards Zero«

1

19. November

Die Gruppe, die um den Kamin saß, bestand größtenteils aus Juristen. Da waren Rechtsanwalt Martindale, Kronanwalt Rufus Lord, der junge Anwalt Daniels, der sich im Fall Carstains einen Namen gemacht hatte, Richter Cleaver, Lewis von der Firma Lewis und Trench sowie der alte Mr. Treves. Treves war fast achtzig, ein sehr reifer und erfahrener Mann. Er gehörte einer bekannten Anwaltsfirma an, hatte zahlreiche schwierige Fälle vor Gericht vertreten, und man sagte von ihm, daß er mehr Hintertreppengeschichten zu erzählen wüßte als irgendeiner in England und sich auf dem Gebiet der Kriminologie gut auskannte.
Unüberlegte Leute meinten, Treves müsse unbedingt seine Memoiren schreiben. Aber Treves wußte es besser. Er wußte, daß er zuviel wußte.
Obwohl er nicht mehr praktizierte, wurde seine Meinung von den Kollegen in besonderem Maße geachtet. Wenn er seine klare Stimme erhob, entstand stets ehrfurchtsvolle Stille.
Das Gespräch drehte sich gerade um einen Fall, der an diesem Tage vor Gericht zur Entscheidung gekommen war. Es handelte sich um einen Mordfall, und der Angeklagte war freigesprochen worden.
Der Staatsanwalt hatte den Fehler begangen, zu sehr auf die Zeugenaussage eines Dienstmädchens zu bauen, wodurch der Verteidiger leichtes Spiel gehabt hatte. Nachher war es dann zu spät, die Geschworenen schenkten der Aussage der Zeugin Glauben.
Mit Geschworenen war das so eine Sache – man wußte nie, was sie schlucken würden und was nicht. Hatten sie sich aber einmal etwas in den Kopf gesetzt, so ließ es sich kaum wieder austreiben. Sie glaubten ganz einfach nicht, daß das Mädchen die Wahrheit gesagt hatte, und damit fertig. Das ärztliche Gutachten hatte ihr Fassungsvermögen überstie-

gen. All die langen Fachausdrücke und medizinischen Redewendungen – sehr schlechte Zeugen, diese Wissenschaftler, viel zu skrupulös, konnten auf eine klare Frage nie mit ja oder nein antworten, immer nur mit einem »Unter gewissen Umständen könnte es sein . . .« und dergleichen!
Sie redeten sich alles vom Herzen, und als die Zeitabstände zwischen den einzelnen Sätzen allmählich immer länger wurden, verbreitete sich ein Gefühl, als ob etwas fehlte. Ein Kopf nach dem andern wandte sich dem alten Treves zu. Es wurde deutlich, daß alle Anwesenden das entscheidende Wort von ihrem geachtetsten Kollegen erwarteten.
Treves, der in seinem Sessel bequem zurückgelehnt saß, putzte geistesabwesend seine Brillengläser. Das Schweigen bewirkte, daß er mit einem Ruck aufblickte:
»Haben Sie mich etwas gefragt?«
»Wir sprachen über den Fall Lamorne«, erwiderte der junge Lewis.
»Ja, ja, darüber dachte ich auch gerade nach, aber in meinem Alter läßt man ganz gern der Phantasie freien Lauf. Ich beschäftigte mich weniger mit den juristischen Gesichtspunkten als mit den Menschen.«
Alle sahen ihn etwas verwundert an. Keinem der Herren war es eingefallen, die in den Fall verwickelten Menschen anders zu betrachten als im Hinblick auf ihre Glaubwürdigkeit als Zeugen.
»Menschenwesen«, sagte Treves sinnend. »Menschenwesen. Alle Arten und Sorten und Größen. Einige mit Verstand, viel mehr ohne Verstand. Von überallher waren sie zusammengekommen, aus Lancashire, aus Schottland, der Gastwirt sogar aus Italien und die Lehrerin irgendwoher aus dem Mittelwesten. Alle in die Sache verwickelt und zum Schluß an einem grauen Novembertag vor ein Londoner Gericht gebracht. Jeder trug seinen kleinen Teil bei. Und das Ganze fand seinen Höhepunkt in einem Mordprozeß.«
Er machte eine Pause und trommelte auf seinem Knie.
»Ich liebe gute Detektivgeschichten«, fuhr er dann fort. »Aber sie fangen am verkehrten Ende an. Sie beginnen mit

dem Mord. Der Mord bildet jedoch den Schluß. Die Geschichte beginnt eigentlich lange vorher, manchmal viele Jahre vorher, mit all den Ursachen und Geschehnissen, die bestimmte Menschen an einem bestimmten Tage zu einer bestimmten Stunde an einem bestimmten Ort zusammenführen.
Nehmen Sie nur die heutige Zeugenaussage des Dienstmädchens. Hätte das Mädchen nicht ihren Schatz in die Klemme gebracht, so wäre sie nicht Hals über Kopf zu den Lamornes gegangen, um dann als Hauptzeugin der Verteidigung aufzutreten. Und dieser Giuseppe Antonelli, der herüberkam, um einen Monat lang die Stelle seines Bruders einzunehmen. Der Bruder ist so blind wie eine Fledermaus. Er hätte nicht gesehen, was Giuseppes scharfe Augen sahen. Und wenn der Wachtmeister nicht der Köchin von Nummer achtzehn schöngetan hätte, wäre er auf seiner Runde nicht zu spät gewesen . . .«
Treves nickte bedeutsam mit dem Kopf.
»Alles trieb auf einen bestimmten Punkt zu. Und dann, wenn die Zeit gekommen ist, schlägt der Blitz ein.«
Er schauderte.
»Sie frieren, rücken Sie näher ans Feuer.«
»Nein, nein«, wehrte Treves ab. »Es ist nur jemand über mein Grab gegangen, wie man zu sagen pflegt. Nun, ich muß mich langsam auf den Heimweg machen.«
Er nickte allen liebenswürdig zu und verließ langsam das Zimmer.
Eine Weile herrschte Schweigen, dann sagte Richter Cleaver: »Ein kluger Kopf, ein sehr kluger Kopf, aber die Jahre machen sich doch langsam bemerkbar.«
»Mit seinem Herzen soll es gar nicht gut stehen«, fiel Kronanwalt Lord ein. »Jede Minute kann es mit ihm zu Ende sein, glaube ich.«
»Er nimmt sich sehr in acht«, entgegnete der junge Lewis.
Unterdessen kletterte der alte Treves behutsam in seinen Daimler, der ihn in gemächlicher Fahrt zu seinem Haus brachte, das in einer ruhigen Gegend lag. Ein besorgter Die-

ner half ihm aus dem Mantel. Treves begab sich in seine Studierstube, wo ein Kohlenfeuer brannte.
Er ließ sich vor dem Fenster nieder und griff nach einigen Briefen. Seine Gedanken weilten noch immer bei dem Thema, das er im Club angeschnitten hatte.
»Auch jetzt«, sagte er zu sich, »bereitet sich ein Drama – ein Mord – vor. Wenn ich Kriminalschriftsteller wäre, würde ich meine Geschichte mit einem alten Herrn anfangen, der am Feuer sitzt und seine Briefe öffnet, und der, ohne es zu ahnen, auf die Stelle zugeht, wo der Blitz einschlagen wird . . .«
Er schnitt einen Umschlag auf und ließ geistesabwesend den Blick über den Briefbogen gleiten, den er herausgezogen hatte. Unvermittelt änderte sich sein Gesichtsausdruck. Er kehrte aus dem Reich der Phantasie in die Wirklichkeit zurück.
»Wie ärgerlich!« murmelte er vor sich hin. »Wirklich, sehr ärgerlich. Nach all den Jahren! Das wirft meine ganzen Pläne um.«

2

11. Januar

Der Mann im Bett bewegte sich und ließ ein Stöhnen hören.
Die Krankenschwester stand auf und trat zu ihm. Sie glättete die Kissen und half ihm in eine bequemere Lage.
Andrew MacWhirter gab als Dank nur ein Knurren von sich. Er war in erbitterter und rebellischer Stimmung.
Zu dieser Stunde hätte alles längst vorbei sein sollen. Er hätte von allem befreit sein sollen. Fluch über den verdammten Baum, der überflüssigerweise gerade aus der Klippe herauswachsen mußte! Fluch über das Liebespaar, das einem kalten Winterabend Trotz bot, um sich am Rande der Klippe ein Stelldichein zu geben! Wären das Liebespaar und der Baum nicht gewesen, so wäre jetzt alles überstanden – ein

Sprung ins tiefe, eiskalte Wasser, vielleicht ein kurzer Kampf, und dann Erlösung – das Ende eines verfehlten, nutzlosen Lebens.
Und was war jetzt mit ihm? Da lag er lächerlicherweise in einem Krankenhausbett, mit einer gebrochenen Schulter und mit der Aussicht, sich wegen versuchten Selbstmords vor Gericht verantworten zu müssen.
Es handelte sich doch um sein eigenes Leben, oder etwa nicht? Und wenn ihm sein Vorhaben geglückt wäre, dann hätte man ihn als einen Geistesgestörten fromm begraben!
Geistesgestört, haha! Nie war er mehr bei Verstand gewesen. Selbstmord zu verüben war das Vernünftigste, was ein Mann in seiner Lage überhaupt tun konnte.
Elend und verlassen, verlassen von einer Frau, die mit einem andern durchgegangen war ... Arbeitslos, ohne Bindung, ohne Geld und ohne Hoffnung – war es da nicht die beste Lösung, allem ein Ende zu machen?
Ja, und da lag er nun. Er schnaubte ärgerlich. Eine Fieberwelle überlief ihn.
Die Krankenschwester stand wieder neben ihm.
»Haben Sie starke Schmerzen?«
»Nein.«
»Ich werde Ihnen ein Schlafmittel geben.«
»Sie werden nichts dergleichen tun.«
»Aber ...«
»Glauben Sie, ich könnte ein paar Schmerzen und ein bißchen Schlaflosigkeit nicht ertragen?«
Sie strich abermals die Kissen glatt und rückte ihm ein Glas Limonade näher hin.
Leicht beschämt sagte er: »Entschuldigen Sie meine Schroffheit.«
»Oh, das macht nichts.«
Es ergrimmte ihn, daß sie sich von seiner schlechten Laune nicht im geringsten beeindrucken ließ. In ihren Augen war er nur ein Patient, kein Mensch.
Ruhig fuhr sie fort: »Morgen werden Sie sich schon viel besser fühlen.«

»Ach, ihr Krankenschwestern! Ihr seid unmenschlich, das seid ihr!«
»Wir wissen nur, was für Sie am besten ist.«
»Das ärgert mich ja so! Diese dauernden Einmischungen! Von Ihnen, den Ärzten, von der ganzen Welt. Alle wissen's besser. Ich wollte mir das Leben nehmen. Das ist Ihnen bekannt, nicht wahr?«
Sie nickte.
»Es geht niemanden etwas an, wenn ich mit meinem Leben Schluß machen will, niemanden! Warum soll ich mich nicht umbringen, wenn ich es will?«
»Weil es verkehrt ist«, antwortete sie.
»Wieso ist es verkehrt?«
Nachdenklich sah sie ihn an. In ihrem Glauben fühlte sie sich nicht erschüttert, aber es fiel ihr schwer, sich auszudrücken.
»Ja, ich meine, es ist Sünde, sich umzubringen. Man muß weiterleben, ob es einem gefällt oder nicht.«
»Weshalb denn?«
»Nun, man muß doch an die andern Menschen denken, nicht wahr?«
»In meinem Fall nicht. Es gibt keine Seele auf der Erde, für die es einen Nachteil bedeutet, wenn ich nicht mehr bin.«
»Haben Sie denn gar keine Verwandten?«
»Nein. Ich hatte eine Frau, aber die hat mich verlassen. Ganz gut so! Sie sah, daß ich nichts taugte.«
»Aber Sie haben doch sicherlich Freunde?«
»Nein. Ich bin kein Mensch für Freundschaften. Schauen Sie, Schwester, ich will Ihnen was erzählen. Früher war ich recht glücklich. Ich hatte eine gute Stellung und eine hübsche Frau. Dann gab es einen Autounfall. Mein Chef fuhr den Wagen, und ich saß mit darin. Er wollte, daß ich aussage, er habe im Augenblick des Unfalls die vorgeschriebene Geschwindigkeit nicht überschritten. Das stimmte aber nicht. Er war fast doppelt so schnell gefahren. Niemand war bei dem Unfall ums Leben gekommen, aber er wollte wegen der Versicherung im Recht sein. Nun, ich sagte nicht aus, was er wünschte. Das wäre eine Lüge gewesen. Ich lüge nicht.«

»Ich finde, Sie haben ganz richtig gehandelt«, bemerkte die Schwester.
»So, das finden Sie? Mich kostete meine Starrköpfigkeit die Stellung. Mein Chef war wütend. Er sorgte dafür, daß ich keine neue Stellung bekam. Meine Frau wurde es leid, mich untätig herumsitzen zu sehen. Sie ging mit einem Mann durch, der mein Freund gewesen war. Nun, da blieb mir nichts mehr, für das sich das Leben lohnte. Ich nützte keinem Menschen.«
»Das können Sie gar nicht wissen«, murmelte die kleine Krankenschwester.
Er lachte. Seine Stimmung hatte sich erheblich gebessert. Ihr naiver Widerstand belustigte ihn.
»Mein gutes Kind, wem sollte ich denn etwas nützen?«
Sie erwiderte verwirrt: »Das wissen Sie ja gar nicht. Eines Tages ... vielleicht ...«
»Jedenfalls habe ich das Recht, mit meinem eigenen Leben zu machen, was ich will.«
»Nein, das haben Sie nicht.«
»Aber wieso denn nicht?«
Sie errötete. Ihre Finger spielten mit dem kleinen goldenen Kreuz, das auf ihrer Brust hing.
»Sie verstehen nicht ... Gott könnte Sie brauchen.«
Er starrte sie an. Er wollte ihr den kindlichen Glauben nicht nehmen. Gleichwohl sagte er mit leichtem Spott: »Sie meinen, ich werde eines Tages ein durchgegangenes Pferd aufhalten und einer blonden Maid das Leben retten?«
Sie schüttelte den Kopf. Mit einer Heftigkeit, der man ihr Bemühen, die richtigen Worte zu finden, anmerkte, antwortete sie: »Es genügt schon, daß Sie sich irgendwo aufhalten – ohne etwas zu tun –, daß Sie zu einer bestimmten Zeit an einem bestimmten Ort sind. Ich weiß nicht recht, wie ich es sagen soll ... Vielleicht gehen Sie eines Tages nur über die Straße und tun damit etwas sehr Wichtiges und Einschneidendes, ohne es selber zu wissen ...«
Die rothaarige kleine Krankenschwester stammte von der

Westküste Schottlands, und in ihrer Familie gab es Leute, die »Gesichte« hatten.
Vielleicht sah sie unklar einen Mann an einem Septemberabend über eine Straße gehen, der dadurch einen Menschen vor einem entsetzlichen Tod bewahrte ...

3

14. Februar

Es befand sich nur eine Person im Zimmer, und kein anderes Geräusch war zu hören als das Kratzen einer Feder, die diese Person Zeile um Zeile übers Papier gleiten ließ.
Niemand würde die Worte lesen, die geschrieben wurden. Wären sie gesehen worden, so hätte der Leser seinen Augen kaum getraut. Denn was hier niedergeschrieben wurde, war ein klarer, in allen Einzelheiten sorgfältig ausgearbeiteter Mordplan.
Der Mensch, der da saß und schrieb, kannte nur einen Gedanken und ein Ziel – die Vernichtung eines anderen Menschen. Um dieses Ziel zu erreichen, zeichnete er den Plan ganz genau auf. Jede Möglichkeit wurde in Betracht gezogen. Auch mit Unvorhergesehenem mußte gerechnet werden. In den Hauptzügen aber lag alles. Die Zeit, der Ort, das Verfahren, das Opfer ...
Der Mensch hob den Kopf. Er nahm die beschriebenen Bogen auf und las sie aufmerksam durch. Ja, alles war kristallklar. Er holte tief Atem. Nur etwas fehlte noch.
Mit einem Lächeln schrieb der Mensch das Datum nieder – einen Tag im September.
Lachend zerriß er dann die Bogen, trug die Fetzen zum Kamin und warf sie ins Feuer. Nachlässigkeit gab es nicht. Jeder einzelne Papierfetzen wurde vernichtet. Der Plan existierte jetzt nur noch im Kopf seines Schöpfers.

4

8. März

Inspektor Battle saß am Frühstückstisch. Mit undurchdringlicher Miene las er einen Brief, den seine Frau ihm soeben mit Tränen in den Augen ausgehändigt hatte. Sein Gesicht zeigte nie einen Ausdruck; wie aus Holz geschnitzt wirkte es.

»Ich kann es nicht glauben«, schluchzte Mrs. Battle. »Sylvia!«

Sylvia war das jüngste ihrer fünf Kinder. Sie zählte sechzehn Jahre und lebte in einem Internat in der Nähe von Maidstone.

Der Brief stammte von Miss Amphrey, der Schulleiterin. Es war ein deutlicher, freundlicher und außerordentlich taktvoller Brief. Schwarz auf weiß stand darin, daß eine Zeitlang verschiedene kleine Diebstähle die Schulbehörde in Verlegenheit gebracht hätten, und daß der Tatbestand schließlich aufgeklärt worden sei: Sylvia Battle hatte gestanden, und Miss Amphrey wollte Mr. oder Mrs. Battle möglichst bald sehen, um »die Lage zu besprechen«.

Der Inspektor faltete den Brief zusammen, steckte ihn in die Tasche und bemerkte: »Das wirst du mir überlassen, Mary.«

Er erhob sich, ging um den Tisch herum, tätschelte ihre Wange und sagte: »Sei nicht traurig, Liebes, es wird schon alles in Ordnung kommen.«

Am Nachmittag des gleichen Tages saß Inspektor Battle sehr aufrecht in Miss Amphreys modern und eigenwillig ausgestattetem Salon, die großen Hände über den Knien gefaltet, und brachte es fertig, in Gegenwart der Schulleiterin noch mehr als gewöhnlich jeder Zoll ein Polizeimann zu sein.

Miss Amphrey konnte sich rühmen, mit ihrem Internat großen Erfolg zu haben. Sie war eine starke Persönlichkeit und setzte auf moderne Erziehungsmethoden. Ihre blauen Augen blickten durch dicke Brillengläser.

»Es ist wichtig«, sagte sie mit ihrer klaren, wohllautenden Stimme, »daß diese Angelegenheit richtig behandelt wird. Vor allem müssen wir an das Mädchen denken, Mr. Battle. Es ist sehr, sehr wichtig, daß Sylvias Seele keinen Schaden nimmt. Sie darf nicht einfach nur mit einem Schuldgefühl belastet werden, sondern wir müssen den Grund herausfinden, der hinter all dem steckt. Vielleicht ein Minderwertigkeitsgefühl? Im Sport zeichnet sie sich nicht gerade aus, wie Sie wissen – vielleicht hegte sie im geheimen den Wunsch, auf anderem Gebiet zu glänzen? Wir müssen sehr, sehr behutsam vorgehen. Deshalb wollte ich Sie zuerst allein sprechen – damit Sie auch wirklich behutsam mit Sylvia umgehen. Ich wiederhole: Es ist sehr, sehr wichtig, daß wir den Grund erfahren.«

»Deshalb bin ich gekommen, Miss Amphrey.«

»Ich war sehr freundlich zu ihr«, betonte Miss Amphrey.

»Nett von Ihnen«, erwiderte er lakonisch.

»Sie müssen wissen, ich liebe und verstehe diese jungen Geschöpfe.«

Er gab darauf keine Antwort, sondern sagte nur: »Jetzt würde ich meine Tochter gern sehen, wenn Sie nichts dagegen haben, Miss Amphrey.«

Mit besonderem Nachdruck ermahnte Miss Amphrey ihn nochmals, ja recht behutsam vorzugehen.

Inspektor Battle zeigte kein Zeichen der Ungeduld. Er sah völlig ausdruckslos aus.

Endlich führte sie ihn in ihr Arbeitszimmer. Im Korridor kamen sie an einigen Mädchen vorbei, die höflich knicksten, deren Augen jedoch Neugier verrieten. In dem kleinen Raum, der ganz unpersönlich ausgestattet war, angekommen, wollte die Schulleiterin sogleich wieder forteilen, um Sylvia zu holen, aber Battle hielt sie zurück.

»Einen Augenblick noch, Miss Amphrey ... Wie sind Sie eigentlich darauf gekommen, in Sylvia die Schuldige für diese ... äh ... kleinen Diebereien zu erkennen?«

»Mein Verfahren war psychologischer Natur, Mr. Battle.« Sie sprach mit Würde.

»Psychologischer Natur? Hm. Und wie steht's mit den Beweisen, Miss Amphrey?«

»Oh, ich verstehe durchaus, daß Sie die Sache so sehen, Mr. Battle. Ihr Beruf bringt das mit sich. Aber allmählich erobert sich die Psychologie auch in der Kriminologie ihren Platz. Ich kann Ihnen versichern, daß mir kein Irrtum unterlaufen ist – Sylvia hat selber alles zugegeben.«

Battle nickte.

»Ja, ja, ich weiß. Ich möchte nur gern hören, wieso Sie sie überhaupt verdächtigt haben.«

»Nun, Mr. Battle, es kamen immer mehr Gegenstände aus den Schränken der Mädchen abhanden. Ich rief die Schülerinnen zusammen und teilte ihnen die Tatsachen mit. Dabei beobachtete ich unauffällig ihre Gesichter. Sylvias Ausdruck fiel mir sofort auf. Ihre Miene zeigte Schuldbewußtsein und Verwirrung. Da wußte ich, wer die Diebin war. Ich wollte sie nicht beschuldigen, sondern ich wünschte, daß sie selber gestand. Ich stellte eine kleine Prüfung mit ihr an – eine Wortassoziations-Prüfung.«

Battle nickte, um zu zeigen, daß er begriff.

»Und schließlich gab das Kind alles zu.«

»Ich verstehe«, sagte Sylvias Vater.

Miss Amphrey zögerte einen Moment, dann ging sie hinaus.

Battle stand am Fenster und blickte in den Garten, als die Tür sich wieder öffnete. Er drehte sich um und betrachtete seine Tochter.

Sylvia lehnte an der Tür, die sie hinter sich geschlossen hatte. Sie war groß, dunkel, eckig. Sie zeigte eine düstere Miene, und ihr Aussehen verriet, daß sie geweint hatte. Eher scheu als trotzig sagte sie: »So, da bin ich.«

Nachdenklich musterte Battle sie. Er seufzte.

»Ich hätte dich niemals hierherschicken sollen«, bemerkte er. »Diese Frau ist eine Närrin.«

Vor lauter Erstaunen vergaß Sylvia ihre eigenen Probleme. »Miss Amphrey? Oh, sie ist wundervoll! Das finden wir alle.«

»Hm«, sagte er. »Wenn sie diesen Eindruck erweckt, kann sie doch keine völlige Närrin sein. Trotzdem ist das nicht der richtige Ort für dich, obwohl . . . na, das hätte ja auch woanders geschehen können.«

Sylvia schlang die Hände ineinander und blickte zu Boden.

»Es tut mir leid, Vater.«
»Das will ich hoffen. Komm her, mein Kind.«
Zögernd ging sie auf ihn zu. Er legte ihr die Hand unters Kinn, hob ihren Kopf hoch und sah ihr fest in die Augen.
»Allerhand durchgemacht, was?« fragte er liebevoll.
Tränen sammelten sich in ihren Augen.
Er sagte langsam: »Versteh, Sylvia, ich weiß längst, daß du es mit dir nicht leicht hast. Die meisten Menschen haben irgendeine Schwäche. Gewöhnlich liegt sie offen zutage. Man sieht deutlich, wenn ein Kind habgierig oder bösartig veranlagt ist. Du warst ein gutes Kind, sehr ruhig, sehr sanft – machtest nicht die geringsten Schwierigkeiten, und bisweilen stimmte mich das besorgt. Denn wenn eine brüchige Stelle da ist, die man nicht erkennt, kann alles verdorben werden.«
»Wie bei mir«, nickte Sylvia.
»Ja, wie bei dir. Du bist unter dem Druck zerbrochen, und zwar auf höchst sonderbare Weise. Komisch, noch nie ist mir so ein Fall vorgekommen.«
Finster und zornig sagte das Mädchen: »Man sollte meinen, daß du oft genug mit Dieben zu tun hast!«
»O ja – ich weiß genau Bescheid über sie. Und darum, meine Liebe, weiß ich – nicht weil ich dein Vater bin, Väter wissen manchmal sehr wenig von ihren Kindern –, sondern weiß ich als Polizeimann recht gut, daß du keine Diebin bist! Du hast nicht einen einzigen Gegenstand hier im Haus an dich genommen. Du gehörst keiner der verschiedenen Diebeskategorien an. Hingegen einer sehr ungewöhnlichen Kategorie von Lügnern.«
»Aber ...«
Er fuhr fort: »Du hast alles gestanden? O ja, das ist mir wohlbekannt. Es war einmal eine Heilige, die den Armen Brot bringen wollte. Ihr Mann schätzte das nicht. Er traf sie und fragte sie, was sie da in ihrem Korb habe. Sie verlor die Nerven und antwortete, es seien Rosen darin. Er öffnete den Korb, und da lagen Rosen vor seinen Augen – ein Wunder! Wenn du an der Stelle der heiligen Elisabeth gewesen und

mit einem Korb voll Rosen ausgegangen wärst, und wenn dann dein Mann dich gefragt hätte, was in dem Korb sei, so hättest du die Nerven verloren und geantwortet: ›Brot‹.«
Er machte eine Pause, dann erkundigte er sich freundlich: »So hat es sich doch zugetragen, nicht wahr?«
Das Mädchen ließ den Kopf sinken.
»Erzähl mir, mein Kind. Wie hat sich das Ganze abgespielt?«
»Sie rief uns alle zusammen. Hielt eine Rede. Und ich sah ihre Augen auf mich gerichtet, und ich wußte, daß sie dachte, ich sei es gewesen! Ich fühlte, wie ich rot wurde, und ich merkte, daß einige Mädchen mich anstarrten. Es war gräßlich. Und dann begannen auch die übrigen mich anzustieren und miteinander zu flüstern. Ich wußte ganz genau, daß alle dasselbe dachten. Und dann ließ Amp mich eines Abends mit ein paar andern zu sich kommen und spielte so ein Wortspiel mit uns ... sie rief uns alle möglichen Wörter zu, und wir mußten antworten, was uns gerade einfiel dazu ...«
Battle knurrte mißbilligend.
»Und ich begriff, was das zu bedeuten hatte, und ... und ... da war ich plötzlich wie gelähmt. Ich bemühte mich, kein verkehrtes Wort zu sagen, versuchte, an ganz andere Dinge zu denken ... an Blumen und dergleichen ... und Amp beobachtete mich mit Argusaugen. Und danach ... oh, es wurde immer schlimmer, und eines Tages sprach Amp sehr lieb mit mir, so ... so verständnisvoll ... und da war es aus mit mir, und ich sagte ganz einfach, ich hätte es getan, und ... ach, Papa, die Erleichterung!«
Battle rieb sich das Kinn.
»Ich verstehe.«
»Wirklich?«
»Nein, Sylvia, ich verstehe dich eigentlich nicht, weil ich anders geartet bin. Wenn mich jemand zu Unrecht beschuldigen würde, so hätte ich nur das Verlangen, dem Betreffenden eine Ohrfeige zu geben. Aber ich verstehe, wie sich die Sache zutrug, und deine Amp mit den Argusaugen hat das schönste Beispiel dafür geliefert, was geschieht, wenn die sogenannte Psychologie falsch angewendet wird. Jetzt gilt

es, das Durcheinander wieder in Ordnung zu bringen. Wo ist Miss Amphrey?«
Miss Amphrey hielt sich taktvollerweise in der Nähe auf. Das mitfühlende Lächeln gefror auf ihrem Antlitz, als Inspektor Battle unumwunden erklärte: »Um meiner Tochter Gerechtigkeit widerfahren zu lassen, muß ich Sie bitten, diesen Fall der Lokalpresse zu überantworten.«
»Aber Mr. Battle, Sylvia hat selber . . .«
»Sylvia hat in diesem Haus keinen einzigen Gegenstand angerührt, der ihr nicht gehört.«
»Ich begreife durchaus, daß Sie als Vater . . .«
»Ich spreche nicht als Vater, sondern als Polizeibeamter. Beauftragen Sie die Polizei mit der Untersuchung des Falles. Man wird die entwendeten Gegenstände irgendwo versteckt finden, und sie werden wohl die richtigen Fingerabdrücke tragen. Jugendliche Diebe pflegen keine Handschuhe anzuhaben. Ich nehme meine Tochter jetzt mit. Sollte die Polizei einen Beweis für ihre Schuld finden – einen tatsächlichen Beweis –, so bin ich bereit, mit ihr vor Gericht zu erscheinen, aber das wird wohl kaum nötig sein.«
Als er dann mit Syliva zum Tor hinausfuhr, fragte er seine Tochter: »Wer ist das Mädchen mit dem blonden Lockenkopf und den blauen Augen, das am Kinn ein Muttermal hat? Ich sah es im Korridor.«
»Das wird wohl Olive Parsons gewesen sein.«
»Na, es würde mich nicht überraschen, wenn das die kleine Diebin wäre.«
»Hat sie ängstlich ausgesehen?«
»Nein, herausfordernd. Den gleichen ruhigen, herausfordernden Blick habe ich schon hundertmal im Gerichtssaal beobachtet! Ich wette, daß sie die Diebstähle begangen hat, aber sie wird wohl nicht so bald gestehen.«
Sylvia bemerkte mit einem Seufzer: »Mir ist, als wäre ich aus einem schlimmen Traum erwacht. Oh, Papa, es tut mir ja so leid! Wie konnte ich nur so dumm sein?«
»Na, laß nur«, erwiderte Inspektor Battle. »Mach dir keine Gedanken. Durch solche Dinge sollen wir auf die Probe ge-

stellt werden. Wenigstens wüßte ich keinen anderen Grund, warum das geschehen ist ...«

5

19. April

Die Sonne ergoß ihr Licht auf Nevile Stranges Haus in Hindhead.

Nevile Strange kam die Treppe herunter. Er war in weißen Flanell gekleidet und trug vier Tennisrackets unter dem Arm. Hätte unter zahlreichen Engländern das Beispiel eines glücklichen Mannes, dem nichts zu wünschen übrigblieb, ausgesucht werden sollen, so wäre die Wahl wohl auf Nevile Strange gefallen. In der Öffentlichkeit kannte man ihn als erstklassigen Tennisspieler und auf allen Gebieten bewanderten Sportsmann. Er zeichnete sich beim Golf aus, war ein guter Schwimmer und hatte verschiedene Berge bestiegen. Er zählte dreiunddreißig Jahre, strotzte vor Gesundheit, sah blendend aus, hatte viel Geld, eine außergewöhnlich schöne Frau, der er vor Jahresfrist angetraut worden war, und wußte anscheinend nicht im geringsten, was Sorgen und Leid bedeuten.

Trotzdem wurde Nevile Strange an diesem schönen Morgen, als er die Treppe hinunterging, von einem Schatten begleitet. Von einem Schatten, den vielleicht kein anderes Auge wahrzunehmen vermochte. Er aber gewahrte ihn, und der Gedanke daran ließ ihn die Stirn runzeln.

Er durchquerte die Halle, straffte die Schultern, als ob er entschlossen eine Last abschüttelte, schritt durch das Wohnzimmer und betrat die Veranda, wo seine Frau, Kay, zwischen Kisten kauerte und Orangensaft trank.

Kay war dreiundzwanzig Jahre alt und ungewöhnlich schön. Sie hatte eine schlanke, doch wohlproportionierte Figur, braunrote Haare, einen so vollkommenen Teint, daß sie gar

keiner Hilfsmittel bedurfte, und jene dunklen Augen und Brauen, die so selten im Verein mit roten Haaren zu finden sind und um so stärker wirken.
Ihr Mann sagte leichthin: »Nun, Schönliebchen, wie steht's mit dem Frühstück?«
Kay erwiderte: »All deine Lieblingssachen stehen auf dem Tisch, wie du siehst.«
»Prächtig, prächtig.«
Nevile lud sich Speck und kaltes Fleisch auf den Teller und schenkte sich Kaffee ein.
»Uha«, bemerkte Kay genießerisch. »Ist die Sonne nicht herrlich? England ist doch gar nicht so übel.«
Das junge Paar war gerade erst aus Südfrankreich gekommen.
Nevile überflog die Schlagzeilen in der Zeitung, schlug die Sportseite auf und ließ nur ein »Mhm« hören.
Dann legte er die Zeitung beiseite und öffnete seine Briefe, größtenteils Rundschreiben, Drucksachen und Reklamen, die er zerriß und achtlos fortwarf.
Kay sagte: »Ich mag die Tapete in meinem Zimmer nicht. Kann ich das Zimmer neu tapezieren lassen, Nevile?«
»Ganz wie es dir gefällt, Schönliebchen.«
»Taubenblau«, träumte Kay vor sich hin, »und elfenbeinfarbene Seidenkissen ...«
Nevile öffnete wieder einen Brief.
»Ach, übrigens«, begann Kay, »Shirty hat angefragt, ob wir Ende Juni die Jachtfahrt mitmachen wollen. Eigentlich ein Jammer, daß wir ablehnen müssen.«
Aus den Augenwinkeln beobachtete sie Nevile und fügte betrübt hinzu: »Ich würde so gern mitfahren.«
Eine Wolke der Unsicherheit schien Neviles Gesicht zu beschatten.
»Müssen wir wirklich zu der gräßlichen alten Tante Camilla?« fragte Kay rebellisch.
Nevile zog die Brauen zusammen.
»Natürlich müssen wir. Schau, Kay, wir haben das alles doch längst besprochen. Onkel Matthew war mein Vormund. Er

und Tante Camilla haben für mich gesorgt. Haus ›Möwennest‹ ist mein Zuhause, soweit es überhaupt ein Zuhause für mich gibt.«
»Schon gut, schon gut. Wenn wir müssen, dann müssen wir eben. Schließlich bekommen wir nach ihrem Tod all ihr Geld; da können wir ja auch ein Opfer bringen.«
»Davon kann gar keine Rede sein!« entgegnete Nevile ärgerlich. »Sie hat über das Vermögen nicht zu bestimmen. Onkel Matthew hat es ihr zu ihren Lebzeiten anvertraut, und nachher gehört es mir und meiner Frau. Es handelt sich dabei um Anhänglichkeit. Wieso verstehst du das nicht?«
Kay sagte nach einer Pause:
»Doch, ich verstehe deine Liebe und Anhänglichkeit. Aber bei mir ist es etwas anderes – ich bin dort nur geduldet, bin ein Eindringling. Sie hassen mich! Ja, sie hassen mich! Lady Tressilian rümpft ihre lange Nase über mich, und Mary Aldin sieht mich über die Schulter an. Du hast es dort schön. Du merkst überhaupt nicht, was vor sich geht.«
»Ich finde, daß sie immer sehr höflich zu dir waren. Du weißt recht gut, daß ich andernfalls sehr ungemütlich werden würde.«
Kay warf ihm einen rätselhaften Blick zu.
»Höflich sind sie, gewiß. Aber sie betrachten mich als Eindringling.«
»Ja nun, das ist doch schließlich ganz natürlich, nicht wahr?«
»O ja, sicher ist es natürlich. Sie liebten Audrey sehr, nicht wahr?«
Ihre Stimme zitterte ein wenig.
»Die gute, wohlerzogene, kühle, farblose Audrey! Tante Camilla hat mir nicht verziehen, daß ich ihren Platz eingenommen habe.«
Nevile drehte sich um. Seine Stimme war ausdruckslos, als er sagte: »Schließlich ist Tante Camilla alt – schon über Siebzig. Ihre Generation mißbilligt Scheidungen, verstehst du. Im großen und ganzen hat sie sich sehr anständig in die Lage gefunden, finde ich, wenn man bedenkt, wie gern sie Audrey hatte.«

»Ihrer Meinung nach hast du Audrey schlecht behandelt.«
»Ich habe sie auch schlecht behandelt.«
»Oh, Nevile, sei doch nicht dumm. Nur weil sie krank wurde und aussah, als wäre ihr das Herz gebrochen worden. Audrey ist nicht das, was ich einen guten Verlierer nenne. Wenn eine Frau einen Mann nicht zu halten vermag, soll sie ihn mit Anstand aufgeben – das ist meine Ansicht. Ihr beide hattet nichts gemeinsam. Sie hat nie Sport getrieben und war so blutarm und verwaschen wie . . . wie ein Spüllappen. Kein Leben in ihr, kein Mumm in den Knochen! Wenn sie wirklich um dich besorgt gewesen wäre, hätte sie an erster Stelle an dein Glück gedacht und sich gefreut, daß du jemanden gefunden hast, der zu dir paßt.«
Nevile wandte sich ihr zu. Ein kleines Lächeln spielte um seine Lippen.
»Was für eine Sportlerin!«
Kay lachte und wurde rot.
»Na, vielleicht bin ich ein bißchen zu weit gegangen. Aber jedenfalls ist's nun mal so. Man muß die Dinge nehmen, wie sie sind!«
»Audrey hat sie so genommen«, sagte Nevile ruhig. »Sie hat sich von mir scheiden lassen, damit ich dich heiraten konnte.«
»Ja, ich weiß . . .«, Kay zögerte.
»Du hast Audrey nie verstanden.«
»Nein. In gewisser Weise macht sie mich schaudern. Ich weiß nicht recht, was sie an sich hat. Man kommt nie dahinter, was sie eigentlich denkt. Sie ist . . . sie ist ein wenig beängstigend.«
»Ach, Unsinn, Kay!«
»Nun, wenigstens wirkt sie auf mich beängstigend. Vielleicht, weil sie so gescheit ist.«
»Mein kleines Dummerle!«
Kay lachte.
»So nennst du mich immer!«
»Weil du das bist!«
Sie lächelten einander an. Nevile trat zu ihr, beugte sich über sie und küßte sie auf den Nacken.

»Schöne, schöne Kay«, murmelte er.
»Sehr gute Kay«, sagte sie. »Verzichtet auf eine wunderbare Jachtfahrt, um sich von den strengen, altmodischen Verwandten ihres Mannes über die Schulter ansehen zu lassen.«
Nevile ging zurück und ließ sich am Tisch nieder.
»Wenn dir so überaus viel an der Reise mit Shirty liegt, könnten wir sie ja vielleicht doch mitmachen«, bemerkte er.
Kay richtete sich erstaunt auf.
»Und was wird dann aus dem Besuch im ›Möwennest‹?«
»Wir könnten ja Anfang September hinfahren.«
»Oh, das würde an und für sich glänzend hinkommen. Aber ich dachte ... es ist nur ... ist sie nicht immer im September dort?«
»Audrey, meinst du?«
»Ja. Sie könnte ja ihren Besuch verschieben, aber ...«
»Warum sollte sie ihn verschieben?«
Kay starrte ihn an.
»Du findest, wir könnten zur gleichen Zeit dort sein? Was für ein ungewöhnlicher Gedanke!«
Nevile entgegnete leicht gereizt: »Was ist daran so ungewöhnlich? Viele Leute tun das heutzutage. Warum sollten wir nicht alle gute Freunde sein? Das würde vieles erleichtern. Das hast du selber erst neulich gesagt.«
»Ich?«
»Ja, erinnerst du dich nicht? Wir sprachen von den Howes, und du sagtest, das sei die vernünftigste Art und Weise, die Dinge zu betrachten, und du betontest noch, daß Leonards zweite Frau mit seiner geschiedenen Frau dick befreundet ist!«
»Oh, ich hätte nichts dagegen. Ich finde das auch vernünftig. Aber ... na ja, ich glaube nicht, daß Audrey auch so denkt.«
»Da irrst du dich, Kay. Audrey fände das recht gut.«
»Audrey ... woher weißt du das?«
Nevile blickte ein bißchen verwirrt drein. Er räusperte sich.
»Offen gestanden, ich habe sie gestern zufällig in London getroffen.«
»Das hast du mir gar nicht erzählt.«

Nevile sagte gereizt: »Ich erzähle es dir ja jetzt. Ich ging durch den Park, und da kam sie mir entgegen. Ich hätte doch nicht vor ihr davonlaufen sollen, oder?«
»Nein, natürlich nicht. Erzähl weiter.«
»Ich ... wir ... also wir blieben natürlich stehen, und dann drehte ich mich um und ging mit ihr weiter. Ich ... ich fand, das gehöre sich so.«
»Weiter.«
»Und dann setzten wir uns auf eine Bank und sprachen miteinander. Sie war sehr nett, wirklich sehr nett.«
»Wie schön für dich«, warf Kay ein.
»Sie fragte, wie es dir geht ...«
»Sehr freundlich von ihr!«
»Und wir sprachen eine Zeitlang von dir. Wirklich, Kay, sie hätte gar nicht netter sein können.«
»Die liebe Audrey!«
»Und da kam mir plötzlich der Gedanke – du weißt schon –, wie reizend es wäre, wenn ihr beide euch anfreunden würdet ... wenn wir alle zusammensein könnten. Und da fiel mir ein, daß sich das in diesem Sommer im ›Möwennest‹ ganz leicht bewerkstelligen ließe. An so einem Ort kommt das ganz von selbst.«
»Es war *dein* Einfall?«
»Ich ... na ja, natürlich. Es war mein Einfall.«
»Da machtest du also Audrey den Vorschlag, und sie hielt es für eine wundervolle Idee?«
Zum ersten Mal schien Nevile unsicher zu werden.
»Stimmt etwas nicht, Schönliebchen?«
»O nein, nein! Es ist weder dir noch Audrey in den Sinn gekommen, daß ich die Idee vielleicht nicht so wundervoll finden könnte?«
Nevile starrte sie an.
»Aber Kay, warum solltest du denn etwas dagegen haben? Du hast doch selber erst neulich gesagt ...«
»Ach, laß doch das! Damals sprach ich von anderen Leuten, nicht von uns.«
»Aber das brachte mich ja teilweise auf den Gedanken.

Schließlich kannst du ja gar nichts dagegen haben. Ich meine, Eifersucht und derlei kommt doch nicht in Frage.«
Er änderte den Ton.
»Schau, Kay, wir beide haben Audrey sehr schlecht behandelt. Nein, das stimmt nicht. Du hattest damit nichts zu tun. Ich hab sie sehr schlecht behandelt. Es hat keinen Zweck, zu sagen, daß ich nicht anders konnte. Mir wäre leichter zumute, wenn ich das ein bißchen wiedergutmachen könnte. Ich wäre dann viel glücklicher.«
Kay fragte leise: »Du bist also nicht glücklich?«
»Dummerle, geliebtes, wie meinst du das? Natürlich bin ich glücklich, über die Maßen glücklich. Aber . . .«
»Aber – da haben wir's! Immer gibt es ein Aber in diesem Hause. Ein Schatten schleicht herum. Audreys Schatten.«
Nevile blickte sie an.
»Du bist doch nicht etwa eifersüchtig auf Audrey?«
»Ich bin nicht eifersüchtig auf sie. Ich fürchte mich vor ihr . . . Nevile, du weißt nicht, wie Audrey ist.«
»Ich weiß nicht, wie sie ist, nachdem ich über acht Jahre mit ihr verheiratet war?«
»Du weißt nicht, wie Audrey ist«, wiederholte Kay.

6

30. April

»Ungeheuerlich!« sagte Lady Tressilian.
Sie richtete sich in ihrem Kissen auf und blickte aggressiv um sich.
»Völlig unsinnig! Nevile muß verrückt sein.«
»Es macht wirklich einen sonderbaren Eindruck«, murmelte Mary Aldin.
Lady Tressilian hatte ein scharfes Profil mit einer schmalen, langen Nase, an der sie in unnachahmlicher Weise entlangschauen konnte. Trotz ihres Alters und ihrer zarten Gesund-

heit war sie geistig sehr rege. Mary Aldin, eine entfernte Verwandte, lebte bei ihr und pflegte sie. Die beiden Frauen kamen ausgezeichnet miteinander aus. Mary war sechsunddreißig, hatte jedoch ein glattes, weiches Gesicht, dem die Jahre wenig anhaben konnten. Man hätte sie ebensogut auf dreißig wie auf fünfundvierzig schätzen können. Sie war gut gewachsen und wirkte rassig; ihren dunklen Haaren verlieh eine weiße Strähne eine besondere Note. Das entsprach der augenblicklichen Mode, aber Marys weiße Strähne war echt, sie hatte sie schon als junges Mädchen gehabt.

Nachdenklich betrachtete sie Nevile Stranges Brief, den Lady Tressilian ihr ausgehändigt hatte.

»Ja«, sagte sie, »es scheint sonderbar.«

»Du willst mir doch nicht erzählen«, fiel Lady Tressilian ein, »daß Nevile diesen Einfall gehabt hat! Jemand hat ihm das in den Kopf gesetzt. Vermutlich seine neue Frau.«

»Du glaubst, daß es Kays Idee ist?«

»Es sähe ihr ähnlich. Neumodisch und vulgär! Wenn ein Ehepaar seine Unstimmigkeiten öffentlich abmachen und sich scheiden lassen muß, dann soll es das wenigstens auf schickliche Weise tun. Die erste und die zweite Frau, die miteinander Freundschaft schließen – ekelhaft.«

»Das ist wohl modern«, meinte Mary.

»Ich will so etwas nicht in meinem Hause haben. Es genügt wahrhaftig, wenn ich dieses Geschöpf mit den roten Fußnägeln um mich dulde.«

»Kay ist Neviles Frau.«

»Gewiß. Deshalb hatte ich auch das Gefühl, daß Matthew es gewünscht hätte. Er liebte den Jungen und wollte immer, daß er dieses Haus als sein Heim betrachtet. Da es zu einem offenen Bruch gekommen wäre, wenn ich Neviles Frau ausgeschlossen hätte, gab ich nach und lud sie hierher ein. Ich mag sie nicht, sie ist nicht die richtige Frau für Nevile – keine solide Herkunft, keine Wurzeln!«

»Sie stammt aus gutem Hause«, wandte Mary ein.

»Schlechte Rasse! Ihr Vater mußte, wie ich gehört habe, nach einer Spielaffäre aus sämtlichen Clubs austreten. Glücklicherweise starb er bald danach. Und ihre Mutter war an der Riviera bekannt. Wie kann man ein Mädchen nur so aufwachsen lassen! Immer in Hotels – und diese Mutter! Dann lernt sie auf dem Tennisplatz Nevile kennen, setzt ihm auf alle erdenkliche Weise zu und ruht nicht eher, bis er seine Frau verläßt – die er sehr liebte – und mit ihr durchgeht! Meiner Meinung nach ist sie an allem schuld.«

Mary lächelte schwach. Lady Tressilian pflegte stets der Frau die Schuld zu geben und den Mann als sanfte Taube erscheinen zu lassen.

»Offen gestanden glaube ich, daß Nevile ebensoviel Schuld an der Sache hat«, sagte Mary.

»Natürlich ist Nevile auch zu tadeln«, räumte Lady Tressilian ein. »Er hatte eine reizende Frau, die ihn sehr liebte, vielleicht zu sehr liebte. Immerhin glaube ich, daß er wieder zur Vernunft gekommen wäre, wenn diese Kay ihn nicht so hartnäkkig verfolgt hätte. Sie wollte ihn unbedingt heiraten! Ja, ich stehe ganz auf Audreys Seite. Ich habe sie sehr gern.«

Mary seufzte. »Das ist alles so schwierig.«

»Ja, wirklich. Man weiß gar nicht, wie man sich unter solchen Umständen benehmen soll. Jedenfalls kann niemand abstreiten, daß Audrey ihrem Mann eine gute Frau war, wenn sie auch seine Sportbegeisterung nicht teilte. Sie war nie sehr kräftig. In meiner Jugend gab es so etwas nicht. Natürlich hatten die Männer da ihre kleinen Liebesgeschichten, aber sie durften nicht einfach mit der Ehe Schluß machen. Na, dieser Kay ist es ja gleich, was ich von ihr halte. Sie hat nur ihr Vergnügen im Kopf. Nevile mag sie also mitbringen, und ich bin sogar bereit, auch ihre Freunde zu empfangen – obwohl ich mir aus dem höchst theatralisch aussehenden jungen Mann, der immer um sie herum ist, nichts mache – wie heißt er doch noch gleich?«

»Meinst du Ted Latimer?«

»Ja, den meine ich. Ein Freund aus ihrer Riviera-Zeit. Ich möchte zu gern wissen, wie der Bursche es fertigbringt, so zu leben, wie er lebt.«

»Vielleicht durch seinen Verstand.«

»Dann wäre es noch zu verzeihen. Ich glaube aber eher, daß er von seinem Aussehen lebt. Kein passender Freund für Neviles Frau! Mir mißfiel es sehr, wie er im vorigen Sommer herkam und sich im Hotel Easterhead einnistete, während das junge Paar hier war.«
Mary blickte zum offenen Fenster hinaus. Lady Tressilians Haus stand auf der steilen Klippe, die den Fluß Tern überragte. Auf der andern Seite des Flusses lag das neuerschlossene Feriengebiet Easterhead-Bucht, das sich aus einem großen Badestrand, mehreren modernen Bungalows und einem Hotel, das sich auf der ins Meer ragenden Landzunge erhob, zusammensetzte. Das Dorf Saltcreek, zu dem Easterhead-Bucht gehörte, war ein malerisches Fischerdorf, das sich an einem Hügelhang erstreckte. Die Dorfbewohner waren altmodisch, konservativ und verachteten Easterhead-Bucht und die Sommergäste.
Das Hotel lag dem »Möwennest« fast genau gegenüber, und Mary brauchte nur über den schmalen Wasserstreifen zu blikken, um es in seiner ganzen blanken Neuheit wahrzunehmen.
»Ich bin froh«, sagte Lady Tressilian, indem sie die Augen schloß, »daß Matthew dieses vulgäre Gebäude nie gesehen hat. Zu seinen Lebzeiten war die Küstenlinie noch völlig unberührt.«
Sir Matthew und Lady Tressilian hatten vor dreißig Jahren das »Möwennest« bezogen. Vor neun Jahren war Sir Matthew, der das Segeln über alles liebte, mit seinem Boot gekentert und fast vor den Augen seiner Frau ertrunken.
Alle Welt hatte erwartet, daß Lady Tressilian das Haus verkaufen und Saltcreek verlassen würde, aber sie war geblieben. Sie lebte weiterhin im »Möwennest«, und ihre einzige sichtbare Reaktion bestand darin, daß sie alle Boote abschaffte und das Bootshaus abreißen ließ. Den Gästen des »Möwennests« stand kein Boot zur Verfügung. Sie mußten zur Anlegestelle der Fähre gehen und sich dort eins mieten.
Mit leichtem Zögern fragte Mary:
»Soll ich Nevile also schreiben, daß uns sein Vorschlag nicht paßt?«

»Ich denke gar nicht daran, auf Audreys Besuch zu verzichten«, entgegnete Lady Tressilian. »Sie ist immer im September zu uns gekommen, und ich mag sie nicht bitten, ihre Pläne zu ändern.«

Mary blickte auf den Brief in ihrer Hand und sagte: »Du hast doch gelesen, daß Audrey nichts dagegen hat ... daß sie durchaus bereit ist, mit Kay zusammenzutreffen?«

»Ja, das schreibt Nevile. Aber ich glaube es einfach nicht. Wie alle Männer nimmt Nevile als selbstverständlich an, was ihm in den Kram paßt!«

»Er sagt aber, daß er mit ihr darüber gesprochen hat.«

»Wie Heinrich der Achte.«

Mary sah die alte Dame erstaunt an.

»Das Gewissen, verstehst du«, erklärte Lady Tressilian. »Heinrich der Achte versuchte auch immer, Katharina dazu zu bringen, daß sie die Scheidung richtig fand. Nevile weiß, daß er sich schlecht benommen hat – er wünscht deshalb, beruhigt zu werden. Darum hat er Audrey so lange zugesetzt, bis sie sagte, alles sei gut und schön, sie werde kommen und mit Kay zusammentreffen und gar keine Bedenken haben.«

»Ich weiß nicht recht ...« Mary hielt inne, dann fuhr sie fort: »Dieser Brief ... er sieht Nevile so gar nicht ähnlich. Glaubst du nicht, daß Audrey aus irgendeinem Grund dieses Zusammentreffen wünscht?«

»Warum sollte sie?« gab Lady Tressilian scharf zurück. »Nachdem Nevile sie verlassen hatte, ging sie zu ihrer Tante, Mrs. Royde, ins Pfarrhaus, und da erlitt sie einen vollständigen Zusammenbruch. Sie war nur noch ein Schatten ihrer selbst. Offensichtlich ist ihr die Sache sehr nahegegangen. Sie gehört zu den ruhigen, beherrschten Menschen, die sehr intensiv empfinden.«

»Ja, sie ist intensiv. Eigentlich ein sonderbares Geschöpf in mancher Beziehung ...«

»Sie hat sehr gelitten. Dann kam die Scheidung, und Nevile heiratete Kay, und allmählich überwand Audrey die Sache. Jetzt ist sie fast wieder wie früher. Du willst mir

doch nicht etwa erzählen, daß sie die alten Erinnerungen aufzurühren wünscht?«
»Nevile behauptet das.«
Die alte Dame betrachtete sie beinahe neugierig.
»Du bist so eigensinnig in diesem Punkt, Mary. Warum eigentlich? Möchtest du, daß sie hier zusammenkommen?«
Mary Aldin errötete.
»Nein, natürlich nicht.«
Scharf fragte Lady Tressilian: »Oder hast etwa du Nevile diesen Floh ins Ohr gesetzt?«
»Wie kannst du nur so etwas denken!«
»Na, jedenfalls glaube ich keine Minute, daß es sein Einfall war. Das entspricht ihm ganz und gar nicht.«
Die alte Dame schwieg eine Weile, dann erhellte sich ihr Gesicht.
»Morgen ist der 1. Mai, nicht wahr? Nun, am 3. fährt Audrey nach Esbank zu den Darlingtons. Schreib ihr, sie möchte doch einmal zum Mittagessen herüberkommen.«

7

5. Mai

Audrey Strange betrat das geräumige Schlafzimmer, schritt zum Bett, beugte sich nieder, um der alten Dame einen Begrüßungskuß zu geben, und setzte sich dann auf den Stuhl, der für sie bereitstand.
»Nett, dich zu sehen, Herzchen«, sagte Lady Tressilian.
Audrey Strange hatte etwas seltsam Unberührbares. Sie war mittelgroß und hatte sehr kleine Hände und Füße. Ihre Haare waren aschblond, und ihr Gesicht wies sehr wenig Farbe auf. Ihre Züge zeichneten sich durch Feinheit und Regelmäßigkeit aus. Sonderbarerweise lenkte sie trotz ihrer Farblosigkeit die Aufmerksamkeit auf sich. Ein bißchen war sie wie ein Gespenst, doch vermittelte sie gleichwohl das Gefühl,

daß ein Gespenst wirklicher sein könnte als manch ein lebendes Menschenwesen . . .
Sie hatte eine besonders liebliche Stimme, weich und klar wie ein Silberglöckchen.
Eine Zeitlang sprach sie mit der alten Dame über gemeinsame Freunde und allerlei Neuigkeiten.
Dann sagte Lady Tressilian:
»Abgesehen von dem Vergnügen, dich wiederzusehen, mein Herz, möchte ich dich etwas fragen, da ich von Nevile einen etwas merkwürdigen Brief erhalten habe.«
Audrey schaute mit ruhigem Blick auf.
»Ja?«
»Nevile schlägt vor – ein ungeheuerlicher Vorschlag meiner Ansicht nach! –, daß er und Kay im September herkommen. Er erklärt, daß du mit Kay gern Freundschaft schließen würdest und daß du das Ganze für einen guten Gedanken hältst. Nun?«
Sie wartete.
Mit ihrer angenehmen, sanften Stimme entgegnete Audrey:
»Ist der Vorschlag wirklich so . . . ungeheuerlich?«
»Bist du tatsächlich dafür?«
Nach leichtem Zögern erwiderte Audrey freundlich:
»Ich finde die Idee eigentlich gar nicht so schlecht.«
»Du möchtest also mit Kay zusammentreffen?«
»Ich glaube, daß die Dinge dadurch vereinfacht würden, Tante Camilla.«
»Vereinfacht!« wiederholte Lady Tressilian hilflos.
Audrey sprach sehr sanft:
»Liebe Tante Camilla, du warst immer so gut zu uns. Wenn Nevile es wünscht . . .«
»Zum Kuckuck mit Neviles Wünschen!« unterbrach die alte Dame rauh. »Es handelt sich um die Frage, ob du es wünschst.«
In Audreys Wangen stieg ein wenig Farbe.
»Ja, ich wünsche es.«
»Also«, sagte Lady Tressilian, »nun also . . .« Sie hielt inne.

»Aber natürlich liegt die Entscheidung ganz bei dir«, fuhr Audrey fort. »Es ist dein Haus, und . . .«
Lady Tressilian schloß die Augen.
»Ich bin eine alte Frau«, murmelte sie. »Es ist alles sinnlos.«
»Ich kann ja gut zu einer andern Zeit kommen, Tante Camilla. Mir würde auch jeder andere Zeitpunkt passen.«
»Du kommst wie immer im September«, entgegnete Lady Tressilian. »Und Nevile und Kay werden ebenfalls kommen. Wenn ich auch alt bin, so kann ich mich genausogut wie andere Leute den modernen Lebensformen anpassen. Kein Wort mehr. Die Sache ist abgemacht.«
Nach einer Weile blinzelte sie durch die Lider und fragte:
»Na, bist du zufrieden?«
Audrey schrak zusammen.
»O ja. Ich danke dir.«
»Mein Herz . . .« Die Stimme der alten Dame verriet echtes Mitgefühl. »Bist du auch sicher, daß du nicht leiden wirst? Möglich, daß alte Wunden wieder aufgerissen werden. Du hast doch Nevile sehr lieb gehabt.«
Audrey blickte auf ihre kleinen Hände nieder, die ineinander verkrampft waren. Dann hob sie den Kopf. Ihre Augen waren klar, als sie zur Antwort gab:
»All das ist vorbei. Ganz und gar vorbei.«
Lady Tressilian lehnte sich in ihre Kissen zurück.
»Ich bin müde. Schick mir Barrett herauf, Kind. Ich will schlafen.«

8

29. Mai

Thomas Royde, die Pfeife im Mund, sah zu, wie sein malaiischer Diener mit geschickten Händen seine Sachen zusammenpackte. Gelegentlich ließ er den Blick über die Pflanzung schweifen. Ein halbes Jahr lang sollte er diese Aussicht nicht

mehr vor Augen haben, die ihm in den vergangenen sieben Jahren so vertraut geworden war.
Seltsam, nach England zurückzukehren ...
Allen Drake, sein Kollege, schaute herein.
»Hallo, Thomas, wie geht's?«
»Alles gepackt.«
»Komm und trink einen Schluck, du verdammter Glückspilz. Ich platze beinahe vor Neid.«
Thomas Royde verließ langsam den Schlafraum und gesellte sich zu seinem Freund. Er sagte nichts, denn er pflegte mit Worten äußerst sparsam umzugehen. Seine Bekannten hatten gelernt, seine Reaktion an der Art seines Schweigens zu erkennen.
Er hatte eine untersetzte Gestalt, ein regelmäßiges, ernstes Gesicht und aufmerksame, nachdenkliche Augen. Er ging leicht seitwärts geneigt, die Folge einer bei einem Erdbeben erlittenen Quetschung. Deshalb wurde er von seinen Freunden Einsiedlerkrebs genannt. Sein rechter Arm und seine rechte Schulter hatten ihre Beweglichkeit eingebüßt, so daß er oft einen unbeholfenen und schüchternen Eindruck machte, obwohl er sich in Wirklichkeit keineswegs so fühlte.
Allen Drake mischte die Getränke.
»Nun denn«, sagte er. »Weidmannsheil!«
Royde murmelte als Antwort etwas Unverständliches.
Drake betrachtete ihn neugierig.
»Unerschütterlich wie immer«, bemerkte er. »Weiß nicht, wie du das fertigbringst. Da bist du seit über sieben Jahren nicht mehr in der Heimat gewesen ... Du gehörst wahrhaftig mehr zu unseren stummen Freunden als zum Menschengeschlecht. Hast du schon Pläne gemacht für deinen Urlaub?«
Das bronzene Gesicht nahm plötzlich eine etwas tiefere Färbung an.
»Ja, teilweise.«
Allen Drake rief mit lebhafter Verwunderung: »Ich glaube, dahinter steckt ein Mädchen! Alle Wetter, du wirst wahrhaftig rot!«

Thomas Royde wehrte unwillig ab: »Dummes Zeug!«
Heftig zog er an seiner Pfeife. Dann brach er seinen bisherigen Rekord in Gesprächigkeit, indem er die Unterhaltung selber fortsetzte.
»Vermutlich werde ich alles etwas verändert vorfinden.«
Sein Freund sagte voll Neugier: »Ich hab mich immer gefragt, warum du auf deinen vorigen Urlaub verzichtet hast. Noch dazu in letzter Minute.«
Royde zuckte die Schultern.
»Schlechte Nachrichten von daheim.«
»Natürlich. Ich vergaß. Dein Bruder kam ja damals bei einem Autounfall ums Leben.«
Thomas Royde nickte.
Aber plötzlich fiel Drake etwas ein. Thomas hatte seine Heimreisepläne aufgegeben, bevor die Nachricht vom Tod seines Bruders eintraf!
Nach einem Sprung über die drei Jahre fragte Drake:
»Stand dir dein Bruder sehr nahe?«
»Adrian? Nicht besonders. Wir gingen jeder unsern eigenen Weg. Er war Anwalt.«
»Ja, das ist wirklich ein Unterschied«, meinte Drake. »Ein Mann, der von der Geschicklichkeit seiner Zunge lebt. Deine Mutter lebt noch, nicht wahr?«
Royde nickte.
»Und auch eine Schwester?«
Royde schüttelte den Kopf.
»Oh, ich dachte. Auf der einen Fotografie . . .«
»Keine Schwester. Entfernte Kusine. Sind zusammen aufgewachsen, da sie Waise war.«
»Ist sie verheiratet?« erkundigte sich Drake.
»Sie war. Mit Nevile Strange.«
»Ach, dem bekannten Tennisspieler?«
»Ja. Jetzt ist sie geschieden.«
Drake dachte: Und nun fährst du heim, um dein Glück zu versuchen. Barmherzigerweise wechselte er den Gesprächsgegenstand.
»Wirst du auf die Jagd gehen?«

»Zuerst nach Hause. Dann will ich in Saltcreek ein bißchen segeln.«
»Ich kenne den Ort. War mal in dem Hotel dort. Ziemlich altmodischer Kasten.«
»Ja, Hotel Balmoral. Vielleicht steige ich dort ab, oder ich wohne bei Freunden, die in der Nähe ein Haus haben. Eine nette, friedliche Gegend. Da wird man in Ruhe gelassen.«
»Ich weiß«, nickte Drake. »So ein Ort, wo nie etwas geschieht.«

9

29. Mai

»Es ist wirklich sehr ärgerlich«, sagte der alte Treves. »Seit fünfundzwanzig Jahren habe ich meine Ferien immer in Leahead im Seehotel verbracht, und nun wird das Haus dies Jahr umgebaut.«
Rufus Lord erwiderte tröstend: »Na, es gibt sicher noch andere Hotels dort, nehme ich an.«
»Ich glaube, ich werde überhaupt nicht nach Leahead gehen. Im Seehotel kannte man alle meine Wünsche und nahm Rücksicht darauf. Ich hatte immer das gleiche Zimmer, die Bedienung wechselte fast nie, und die Küche war ausgezeichnet.«
»Wie wär's denn mit Saltcreek? Dort gibt es ein sehr nettes, altmodisches Hotel – Hotel Balmoral. Ein Ehepaar namens Rogers führt es. Ich würde Ihnen eine Empfehlung mitgeben, ganz in der Nähe wohnt die alte Lady Tressilian. Ein reizendes Haus, und sie selbst ist eine charmante Frau, obwohl mittlerweile ziemlich gebrechlich.«
»Die Witwe des Richters etwa?«
»Ja.«
»Ich kannte Matthew Tressilian«, sagte Treves, »und ich glaube, daß ich auch seine Frau kennengelernt habe. Ja, jetzt

erinnere ich mich. Wirklich, eine charmante Frau – allerdings ist das schon lange her. Saltcreek liegt in der Nähe von St. Loo, nicht wahr? In der Gegend habe ich einige Freunde. Wissen Sie, Saltcreek scheint mir wirklich eine gute Idee zu sein. Ich werde hinschreiben. Mitte August möchte ich hingehen, von Mitte August bis Mitte September. Dort gibt es wohl eine Garage, wie? Und Unterkunft für meinen Chauffeur?«
»Für all das ist gesorgt.«
»Ich muß nämlich vorsichtig sein und darf nicht bergauf gehen. Ich hätte gern ein Zimmer im Erdgeschoß, oder ist ein Fahrstuhl vorhanden?«
»O ja, einen Fahrstuhl gibt es auch.«
»Das klingt wirklich, als wären meine Probleme damit aufs beste gelöst«, sagte Treves. »Und es würde mir Freude machen, meine Bekanntschaft mit Lady Tressilian zu erneuern.«

10

28. Juli

Kay Strange, die Shorts und einen gelben, kurzärmeligen Pullover trug, lehnte sich vor, während sie den Tennisspielern zusah. Das Halbfinale im Herreneinzel beim Turnier von St. Loo wurde ausgetragen, und Nevile spielte gegen den jungen Merrick, der als der kommende Stern am Tennishimmel betrachtet wurde.
Das Spiel stand drei zu drei im letzten Satz.
Ted Latimer, der auf den Stuhl neben Kay schlüpfte, bemerkte in lässig-spöttischem Ton:
»Liebende Gattin sieht zu, wie ihr Mann sich den Sieg erkämpft.«
Kay zuckte zusammen.
»Wie du mich erschreckt hast! Ich ahnte gar nicht, daß du da bist.«

»Ich bin immer da. Das solltest du allmählich wissen.«
Ted Latimer war fünfundzwanzig Jahre alt und sah außerordentlich gut aus. Er war dunkel und beneidenswert braungebrannt. Seine dunklen Augen konnten sehr beredt sein, und er beherrschte seine Stimme mit der Sicherheit eines Schauspielers. Kay kannte er seit ihrem fünfzehnten Lebensjahr. In Juan-les-Pins hatten sie zusammen Sonnenbäder, Tanzgesellschaften und Tennispartien genossen. Sie waren nicht nur befreundet, sondern eng verbunden gewesen.
»Neviles Rückhand ist gut«, lobte Ted. »Besser als seine Vorhand. Merricks Schwäche ist der Rückhandschlag, und Nevile weiß das. Er nutzt es aus.«
»Fünf zu drei.«
»Steht gut für Nevile«, sagte Ted Latimer.
Doch jetzt nahm sich der Junge zusammen. Sein Spiel wurde vorsichtiger. Er placierte die Bälle präziser und variantenreicher.
»Er spielt mit Verstand«, urteilte Ted. »Und seine Fußarbeit ist erstklassig. Es wird ein richtiger Kampf.«
Langsam holte der junge Merrick auf, bis das Spiel sieben zu sieben stand, und schließlich gewann Merrick mit neun zu sieben.
Nevile kam zum Netz, lächelnd und kopfschüttelnd, um seinem Gegner die Hand zu drücken.
»Die Jugend zählt«, bemerkte Ted. »Neunzehn gegen dreiunddreißig. Ich kann dir sagen, Kay, warum Nevile nie in die allererste Reihe rückt. Er ist ein zu guter Verlierer.«
»Unsinn!«
»Doch! Nevile ist immer der gute Sportsmann vom Scheitel bis zur Sohle. Ich habe ihn nie wütend gesehen, weil er ein Spiel verloren hat.«
»Natürlich nicht. Das tut kein Mensch.«
»O doch, und wie! Viele Tennisspieler lassen sich so weit gehen, daß sie jeglichen Vorteil wahrnehmen. Aber der gute alte Nevile läßt die andern gern gewinnen.«
Kay wandte den Kopf.

»Ich wünschte, du würdest deine Abneigung gegen Nevile nicht so deutlich zeigen.«
»Warum sollte ich ihn lieben? Er hat mir mein Mädchen weggenommen.«
Seine Augen ruhten auf ihr.
»Ich war nicht dein Mädchen. Die Umstände verhinderten es. Ich verliebte mich in Nevile und heiratete ihn . . .«
»Und er ist ein prächtiger Mensch – das sagen alle!«
»Willst du mich ärgern?«
Sie sah ihn an. Er lächelte – und plötzlich gab sie das Lächeln zurück.
»Was habt ihr im Sommer vor, Kay?«
»Du weißt ja: eine Jachtfahrt, und im September ziehen wir für vierzehn Tage ins ›Möwennest‹.«
»Ich werde im Hotel Easterhead wohnen«, berichtete Ted. »Ich hab mir schon ein Zimmer bestellt.«
»Das wird eine nette Gesellschaft sein! Nevile und ich, Neviles Verflossene und irgendein malaiischer Pflanzer, der Heimaturlaub hat.«
»Das klingt interessant!«
»Und dann die langweilige Kusine natürlich. Den ganzen Tag schuftet sie für das unangenehme alte Weib – und dabei bekommt sie überhaupt nichts dafür, denn das ganze Vermögen fällt an Nevile und mich.«
»Vielleicht weiß sie das nicht?« mutmaßte Ted.
»Das wäre allerdings ziemlich komisch!«
Aber sie sprach geistesabwesend. Sie starrte auf das Racket, das sie in den Händen drehte. Plötzlich hielt sie den Atem an.
»Ach, Ted!«
»Was gibt's, Engel?«
»Ich weiß nicht. Nur manchmal . . . da bekomme ich kalte Füße! Ich kriege Angst und fühle mich so sonderbar.«
»Das sieht dir aber gar nicht ähnlich, Kay.«
»Nicht wahr? Na, jedenfalls . . .«, sie lächelte etwas unsicher, »wirst du ja im Hotel Easterhead sein.«
»Wie abgemacht.«
Als Kay und Nevile sich vor der Garderobe trafen, sagte er:

»Ich sehe, dein Freund ist angekommen.«
»Ted?«
»Ja, der treue Hund – treue Eidechse würde allerdings besser passen.«
»Du magst ihn nicht, oder?«
»Oh, ich hab nichts gegen ihn. Wenn es dir Spaß macht, ihn an der Leine hinter dir her zu ziehen . . .«
Er zuckte die Schultern.
»Ich glaube, du bist eifersüchtig.«
»Auf Latimer?«
Sein Erstaunen war echt.
»Ted gilt allgemein als sehr anziehend.«
»Das ist er wohl auch. Er hat ganz entschieden Charme.«
»Du bist doch eifersüchtig!«
Nevile drückte freundschaftlich ihren Arm.
»Nein, ich bin's nicht, Schönliebchen. Meinetwegen kannst du einen ganzen Hofstaat von Verehrern haben – ich habe das Gesetz auf meiner Seite.«
»Du bist sehr selbstsicher«, lächelte Kay.
»Natürlich. Wir beide sind füreinander bestimmt. Das Schicksal hat uns zusammengeführt. Vom ersten Augenblick an, als ich dich in Cannes wiedersah, wußte ich, daß ich meinem Los nicht entrinnen kann. Das Schicksal hatte es so gewollt.«
»Es war nicht eigentlich das Schicksal«, entgegnete Kay. »Ich war's!«
»Was meinst du damit?«
»Als ich hörte, daß du nach Cannes ins Estoril ziehen wolltest, setzte ich meiner Mutter so lange zu, bis sie nachgab. Deshalb trafen wir uns dort wieder.«
Nevile betrachtete sie mit einem seltsamen Ausdruck. Langsam sagte er:
»Das hast du mir nie erzählt.«
»Nein, weil du dir dann etwas eingebildet hättest! Aber ich war von jeher ein guter Pläneschmied. Es geschieht nichts, wenn man nicht nachhilft. Du nennst mich immer Dummerle – doch auf meine Weise bin ich recht gescheit. Ich

führe die Geschehnisse herbei. Manchmal plane ich etwas lange, lange im voraus.«
»Ich begreife allmählich, was für eine Frau ich geheiratet habe«, bemerkte Nevile mit leichter Bitterkeit.
»Du bist mir doch nicht böse, Nevile?«
»Nein, nein, natürlich nicht«, erwiderte er geistesabwesend. »Ich dachte nur gerade an etwas . . .«

11

10. August

Lord Cornelly, ein sehr wohlhabender und etwas überspannter Pair, saß an seinem riesigen Schreibtisch. Das unauffällige, rundliche Männlein wirkte hinter dem prächtigen Möbel geradezu zwergenhaft.
Eine blonde Sekretärin glitt leise ins Zimmer und legte eine Karte vor ihren Chef.
Lord Cornelly blickte darauf nieder.
»MacWhirter? MacWhirter? Wer ist das? Nie von ihm gehört. Ist er angemeldet?«
Die blonde Sekretärin deutete an, daß dies der Fall sei.
»MacWhirter, he? Oh, MacWhirter! Der! Natürlich! Schikken Sie ihn herein.«
Lord Cornelly kicherte vergnügt. Er war glänzender Laune.
Bequem zurückgelehnt betrachtete er dann das ernste Gesicht des Mannes, den er zwecks einer Besprechung zu sich gebeten hatte.
»Sie sind also Andrew MacWhirter, he?«
»Das ist mein Name.«
MacWhirter stand steif und aufrecht da und sprach ohne Lächeln.
»Sie waren bei Herbert Clay angestellt, nicht wahr?«
»Jawohl.«
Lord Cornelly ließ abermals ein Kichern hören.

»Ich weiß Bescheid über Sie. Clay wurde der Führerschein entzogen, weil Sie nicht aussagen wollten, daß er nicht über fünfunddreißig Kilometer gefahren wäre. Wütend war er darüber!«
Das Kichern verstärkte sich.
»Im ›Savoy‹ erzählte er es uns brühwarm. ›Dieser verdammte eigensinnige Schotte!‹ Das sagte er. Immer wieder. Wissen Sie, was ich dachte?«
»Ich habe keine Ahnung.«
»Ich dachte im stillen: Das ist die Sorte Mensch, mit der ich etwas anfangen könnte! Ein Mann, der sich nicht erpressen läßt, Lügen vorzubringen. Sie werden nicht in die Lage kommen, für mich lügen zu müssen. Auf solche Geschäfte lasse ich mich nicht ein. Aber ich suche ehrliche Menschen – und die sind verflucht selten auf der Welt!«
Der kleine Lord brach in Lachen aus, und sein schlaues Äffchengesicht runzelte sich vor Vergnügen. MacWhirter stand weiterhin unbewegt da, keineswegs belustigt.
Lord Cornelly hörte auf zu lachen. Seine Miene wurde ernst und aufmerksam.
»Wenn Sie eine Stelle suchen, Mr. MacWhirter, so habe ich Arbeit für Sie.«
»Ich hätte sehr gern Arbeit«, bekannte MacWhirter.
»Es handelt sich um eine wichtige Aufgabe, die nur einem vollkommen zuverlässigen Mann anvertraut werden kann.«
Lord Cornelly wartete. MacWhirter schwieg.
»Also – kann ich mich voll und ganz auf Sie verlassen?«
MacWhirter erwiderte: »Wenn ich Ihnen antworte, werde ich natürlich ja sagen.«
Lord Cornelly lachte: »Sie sind der Richtige. Sie sind der Mann, den ich suche. Kennen Sie Südamerika?«
Er kam auf die Einzelheiten zu sprechen. Eine halbe Stunde später stand MacWhirter auf der Straße – ein Mann, dem eine interessante und außerordentlich gut bezahlte Arbeit anvertraut worden war, eine Arbeit mit Zukunft außerdem.
Das Schicksal lächelte ihm wieder zu. Aber er war nicht in der Stimmung, zurückzulächeln, obwohl er Sinn für die Ko-

mik der Tatsache hatte, daß er den üblen Machenschaften seines früheren Vorgesetzten die jetzige Beförderung verdankte.
Vor sieben Monaten hatte er einen Selbstmordversuch unternommen. Der Zufall, nichts als der Zufall, hatte ihm das Leben gerettet. Aber die wirkliche Lebensfreude war für ihn damit nicht zurückgekehrt. Eigentlich fühlte er sich erleichtert, daß seine Arbeit ihn aus England fortführte. Ende September sollte er nach Südamerika fahren. In den nächsten Wochen mußte er Vorbereitungen für sein Unternehmen treffen und sich allerhand Ausrüstungsgegenstände beschaffen.
Immerhin blieb ihm vor der Abreise noch eine unausgefüllte Woche. Was sollte er mit dieser Zeit beginnen? In London herumsitzen? Fortgehen?
Ein Gedanke nahm, zunächst vage, dann immer deutlicher, Gestalt an.
Saltcreek?
Dazu wäre ich gerade in der richtigen Stimmung, sagte er zu sich selbst.

12

19. August

»Und aus ist es mit meinen Ferien«, knurrte Inspektor Battle.
Mrs. Battle war enttäuscht, aber lange Jahre des Zusammenlebens mit einem Mann des Gesetzes hatten bewirkt, daß sie derartige Enttäuschungen gelassen hinnahm.
»Ja nun«, erwiderte sie, »da kann man nichts machen. Ich nehme an, daß es sich um einen interessanten Fall handelt?«
»Äußerlich betrachtet, kaum. Aber immerhin genügend aufregend, daß die Leute im Außenministerium wie aufgescheuchte Ameisen herumrennen. Doch es ist kein Fall, den ich in meinen Memoiren erwähnen würde, falls ich jemals so töricht wäre, sie zu schreiben.«

»Wir könnten ja unsere Ferien verschieben«, meinte Mrs. Battle zögernd.
»Kommt nicht in Frage. Du gehst mit den Mädchen nach Britlington – seit März sind die Zimmer bestellt. Und weißt du, was ich machen werde? Wenn die Sache erledigt ist, fahre ich zu Jim und bleibe eine Woche bei ihm.«
Jim war Inspektor Battles Neffe: Sergeant James Leach.
»Saltington liegt ganz nahe bei Saltcreek und bei der Easterhead-Bucht«, fuhr Battle fort. »Da kann ich Luft schnappen und schwimmen.«
Mrs. Battle rümpfte die Nase.
»Wahrscheinlicher, daß Jim dich in irgendeinen Fall hineinziehen wird!«
»Um diese Jahreszeit gibt es dort keine Fälle – höchstens mal eine Frau, die im Warenhaus einen kleinen Gegenstand klaut. Außerdem versteht Jim etwas vom Geschäft, er braucht meine Hilfe nicht.«
»Na gut«, seufzte Mrs. Battle. »Wird schon alles werden. Aber irgendwie enttäuscht bin ich doch.«
»Solche Dinge muß man als Prüfung hinnehmen«, versicherte ihr Inspektor Battle.

13

Als Thomas Royde in Saltington den Zug verließ, trat ihm Mary Aldin auf dem Bahnsteig entgegen.
Er hatte nur eine dunkle Erinnerung an sie, und als er sie jetzt wiedersah, überraschte es ihn, wie sehr er sich über ihre flinke, kundige Art, die Dinge anzupacken, freute. Ohne Umstände duzte sie ihn.
»Wie schön, dich nach so vielen Jahren einmal wiederzusehen, Thomas.«
»Nett, daß ihr mich aufnehmt. Hoffentlich bin ich keine allzugroße Belastung.«
»Im Gegenteil! Du bist ganz besonders willkommen.«

Nachdem das Gepäck im Ford verstaut war, setzte Mary sich ans Steuer, und Royde ließ sich neben ihr nieder.
Die Entfernung zwischen Saltington und Saltcreek betrug zehn Kilometer. Als sie den kleinen Marktflecken hinter sich hatten, nahm Mary Aldin das Gespräch über Roydes Kommen wieder auf.
»Wirklich, Thomas, du bist wie vom Himmel gesandt. Es ist alles etwas schwierig, und ein Fremder, oder teilweise Fremder, wird gerade benötigt.«
»Was ist denn los?«
Wie stets zeigte er keine Neugier, sondern eher Gleichgültigkeit. Er schien die Frage lediglich aus Höflichkeit zu stellen. Für Mary Aldin hatte das etwas Beruhigendes. Sie wollte gern mit einem Menschen sprechen, aber sie zog es zugleich bei weitem vor, mit jemandem zu reden, der keine große Anteilnahme hegte.
Sie sagte: »Also, wir sind in eine etwas verzwickte Lage geraten. Audrey ist da – das weißt du wohl?«
Er nickte.
»Und Nevile und seine Frau ebenfalls.«
Thomas Roydes Brauen gingen in die Höhe. Nach einer Weile bemerkte er:
»Bißchen ungeschickt, wie?«
»Ja, das ist es wohl. Es war Neviles Einfall.«
Sie hielt inne, doch als ob sie Mißtrauen bei ihm zu spüren glaubte, wiederholte sie nachdrücklich:
»Es war wirklich Neviles Einfall.«
»Warum wollte er das?«
»Oh, nur so eine moderne Anschauung! Vernünftig sein und freundschaftlich miteinander auskommen. Aber ich glaube nicht, daß es gutgeht.«
»Hm. Wie ist denn die zweite Frau?«
»Kay? Natürlich schön. Wirklich sehr schön. Und ganz jung. Nevile hat sie sehr gern. Allerdings sind sie erst ein Jahr verheiratet. Aber . . . aber ich finde einfach, daß die beiden nicht viel gemein haben. Ihre Freunde zum Beispiel . . .« Mary brach ab.

»Er hat Kay an der Riviera kennengelernt, nicht wahr? Ich weiß halt nur die nackten Tatsachen, die meine Mutter mir mitgeteilt hat.«

»Ja, sie haben sich in Cannes kennengelernt. Nevile fühlte sich zu ihr hingezogen, aber so was ist wohl schon früher hin und wieder bei ihm vorgekommen – auf harmlose Weise. Ich denke immer, daß nichts daraus geworden wäre, wenn nur er etwas zu sagen gehabt hätte. Er liebte Audrey aufrichtig. Ich glaube nicht, daß er sich scheiden lassen wollte – ich bin dessen sogar sicher. Aber das Mädchen war fest entschlossen. Es gab keine Ruhe, bis er seine Frau verließ, und so etwas schmeichelt einem Mann natürlich.«

»Sie war wohl bis über beide Ohren verliebt in ihn?«

»Anzunehmen.«

Marys Stimme klang zweifelnd. Als sie seinem fragenden Blick begegnete, errötete sie.

»Ich kann mir nicht helfen . . . da scharwenzelt die ganze Zeit ein alter Freund von ihr um sie herum – ein schöner Bursche –, sieht ein bißchen aus wie ein Gigolo. Und ich weiß nicht . . . ich frag mich halt manchmal, ob die Tatsache, daß Nevile wohlhabend und aus guter Familie ist, nicht doch etwas damit zu tun hat. Das Mädchen hatte, glaube ich, überhaupt kein Vermögen. Aber vielleicht bin ich nur neidisch. Kay ist wirklich schön, und das weckt im Herzen einer alten Jungfer Raubtier-Instinkte.«

Thomas blickte sie gedankenvoll von der Seite an, doch sein Gesicht blieb undurchdringlich.

Sachlich fragte er: »Und worin besteht nun das Übel?«

»Im Grunde hab ich keine Ahnung! Das ist ja eben so seltsam. Natürlich haben wir uns erst mit Audrey in Verbindung gesetzt, und sie war keineswegs dagegen, mit Kay zusammenzutreffen. Sie benimmt sich reizend. Audrey ist ja nie etwas vorzuwerfen. Sie gibt sich sehr zurückhaltend, und man weiß nie, was sie in Wirklichkeit denkt oder fühlt – aber ich glaube, daß sie tatsächlich nichts dagegen hat.«

»Dazu besteht ja auch kein Grund«, meinte Thomas. »Schließlich sind seither drei Jahre vergangen.«

»Ob Menschen wie Audrey jemals vergessen können?«
»Sie ist erst zweiunddreißig. Hat noch das ganze Leben vor sich.«
»Ja, aber die Sache hat sie sehr mitgenommen. Sie erlitt einen richtigen Nervenzusammenbruch damals.«
»Ich weiß. Meine Mutter schrieb mir davon.«
»In gewisser Weise war es gut für deine Mutter, daß sie sich um Audrey kümmern mußte. So wurde sie von ihrem eigenen Kummer abgelenkt – über Adrians Tod. Wir waren alle bestürzt, als wir vom Unfall deines Bruders hörten.«
»Ja, der arme, alte Adrian. Er fuhr immer zu schnell.«
Es entstand eine Pause. Mary streckte die Hand aus, zum Zeichen, daß sie in den Weg einbiegen wollte, der hügelabwärts nach Saltcreek führte.
Unvermittelt fragte sie dann: »Thomas, kennst du Audrey sehr gut?«
»Soso. In den letzten zehn Jahren hab ich nicht viel von ihr gesehen.«
»Aber du kanntest sie als Kind. War sie . . . war sie damals irgendwie unausgeglichen? Oh, ich meine das nicht so, wie es jetzt vielleicht klingt. Doch werde ich das Gefühl nicht los, daß augenblicklich etwas nicht stimmt mit ihr. Sie wirkt so vollständig losgelöst, so unnatürlich im Gleichgewicht – aber ich frage mich mitunter, was hinter der Fassade vor sich gehen mag. Dann und wann kommt es mir vor, als ob sie von ganz starken Empfindungen beherrscht wird. Und dabei weiß ich überhaupt nicht, was es sein könnte! Aber ich bin sicher, daß sie nicht normal ist. Das beunruhigt mich. Und im Haus herrscht eine Atmosphäre, die allen zusetzt. Wir sind samt und sonders nervös und gereizt. Ich weiß jedoch nicht, woran es liegt. Und manchmal macht mir das Angst, Thomas.«
»Angst?«
Sein verwunderter Ton bewirkte, daß sie sich zusammennahm. Sie lachte etwas krampfhaft auf.
»Das klingt absurd. Aber genau das ist's, was ich vorhin meinte . . . deine Anwesenheit wird uns guttun . . . dadurch werden wir abgelenkt. – So, da sind wir.«

Sie hatte die letzte Kurve genommen. Das »Möwennest« erhob sich auf einem Felsenplateau am Fluß. Auf zwei Seiten fielen die Klippen senkrecht zum Wasser ab. Garten und Tennisplatz befanden sich links vom Haus.
Mary sagte: »Ich bring rasch den Wagen fort und komm dann zurück. Hurstall wird dich in Empfang nehmen.«
Hurstall, der betagte Diener, begrüßte Thomas wie einen alten Freund.
»Es freut mich so, Sie nach all den Jahren wiederzusehen, Mr. Royde. Sie sind im Ostzimmer einquartiert. Sie werden alle andern wohl im Garten finden.«
Thomas ging durchs Wohnzimmer zu der Fenstertür, die auf die Terrasse führte. Dort stand er eine Weile beobachtend, selber unbemerkt.
Auf der Terrasse befanden sich nur zwei Frauen. Die eine saß in der Ecke auf der Balustrade und blickte aufs Wasser hinaus. Die andere betrachtete sie.
Die erste war Audrey – dann mußte die andere Kay sein. Kay ahnte nicht, daß sie beobachtet wurde, und gab sich nicht die geringste Mühe, ihre Gefühle zu verbergen. Thomas Royde war vielleicht kein sehr guter Beobachter, soweit es sich um Frauen handelte, aber er konnte nicht umhin, zu bemerken, daß Kay Strange eine starke Abneigung gegen Audrey hegte. Was Audrey betraf, so schien ihr die Gegenwart der andern nicht bewußt, jedenfalls aber gleichgültig zu sein.
Seit sieben Jahren hatte Thomas seine Kindheitsgefährtin nicht mehr gesehen. Er musterte sie jetzt sehr genau. Hatte sie sich verändert, und wenn ja, in welcher Weise?
Er kam zu dem Schluß, daß sie sich verändert hatte. Sie war dünner und blasser, sah im ganzen ätherischer aus – aber da war noch etwas anderes, etwas, das er nicht zu bezeichnen vermochte. Sie wirkte, als hielte sie sich sorgsam im Zaum, als achte sie auf jede Bewegung – und doch schien sie die ganze Zeit angespannt zu verfolgen, was um sie herum vorging. Sie war wie ein Mensch, dachte er, der ein Geheimnis zu hüten hatte. Aber was für ein Geheimnis? Er wußte wenig von ihren Erlebnissen in den letzten Jahren. Er war auf Spu-

ren des Kummers und des Verlusts vorbereitet gewesen, doch hier handelte es sich um etwas anderes.
Dann schweiften seine Augen zu der anderen – zu dem Mädchen, das jetzt Nevile Stranges Frau war. Schön, ja, Mary Aldin hatte nicht übertrieben. Er hielt sie aber auch für gefährlich. Er dachte: »Ich sähe sie nicht gern in Audreys Nähe, wenn sie ein Messer in der Hand hätte . . .«
Und doch, warum sollte Kay Neviles erste Frau hassen? All das gehörte der Vergangenheit an. Audrey hatte keinen Anteil mehr am Leben ihres ehemaligen Mannes.
Schritte waren auf der Terrasse zu hören, und Nevile bog um die Ecke des Hauses. Er sah erhitzt aus und trug eine Zeitschrift.
»Hier ist die *Illustrierte Woche*«, sagte er. »Die andere Zeitschrift war nicht zu bekommen.«
Dann geschahen zwei Dinge genau gleichzeitig.
Kay sagte: »Oh, gut, gib sie mir«, und Audrey streckte, ohne den Kopf zu wenden, fast geistesabwesend die Hand aus.
Nevile war auf halbem Weg zu den beiden Frauen stehengeblieben. Ein Schatten der Verwirrung glitt über sein Gesicht. Bevor er etwas sagen konnte, erhob sich Kays Stimme, in der leichte Erregung schwang:
»Ich will sie. Gib sie mir! Gib sie mir, Nevile!«
Audrey zuckte zusammen, drehte den Kopf, zog ihre Hand zurück und murmelte leicht verlegen:
»Oh, Entschuldigung. Ich dachte, du hättest mit mir gesprochen, Nevile.«
Thomas sah die Röte in Neviles Nacken steigen. Nevile machte drei schnelle Schritte vorwärts und hielt Audrey die Zeitschrift hin.
Zögernd, mit wachsender Verwirrung stammelte sie: »Oh, aber . . .«
Mit jäher Bewegung stieß Kay ihren Stuhl zurück. Sie erhob sich, drehte sich um und eilte zur Fenstertür des Wohnzimmers. Thomas fand gerade noch Zeit, zurückzuweichen, sonst wäre sie voll mit ihm zusammengeprallt.
Der Schreck gab ihr ihre Fassung zurück; sie blickte auf, als

er sich entschuldigte. Er erkannte jetzt, warum sie ihn nicht wahrgenommen hatte: Ihre Augen schwammen in Tränen – Tränen des Zorns, vermutete er.
»Oh«, sagte sie. »Wer sind Sie? Ah, natürlich, Sie sind der Mann aus Indonesien!«
»Ja«, bestätigte er, »ich bin der Mann aus Indonesien.«
»Ich wünschte zu Gott, ich wäre in Indonesien«, sagte Kay. »Irgendwo, nur nicht hier! Ich hasse dieses gräßliche Haus! Ich hasse alle hier!«
Gefühlsausbrüche regten Thomas immer auf. Er betrachtete Kay und murmelte beunruhigt. »Äh ... hm ...«
»Wenn sie sich nicht in acht nehmen, werde ich noch jemanden umbringen! Entweder Nevile oder die blasse Katze da draußen!«
Sie eilte an ihm vorbei, stürmte zum Zimmer hinaus und schmetterte die Tür zu.
Thomas stand stocksteif da. Er war sich nicht ganz sicher, was er nun tun sollte; immerhin fühlte er sich erleichtert, daß die junge Mrs. Strange fort war. Sie hatte etwas von einer Tigerin, die zweite Mrs. Strange.
Nevile begrüßte Thomas geistesabwesend. Er atmete heftig.
»Oh, wie geht's, Royde? Wußte gar nicht, daß Sie schon da sind. Sie, haben Sie meine Frau gesehen?«
»Sie ist vor einer Minute hinausgegangen.«
Mit ärgerlicher Miene verließ Nevile den Raum.
Thomas trat langsam auf die Terrasse hinaus. Er hatte keinen schweren Schritt. Erst als er zwei Meter entfernt war, wandte Audrey den Kopf.
Dann sah er, wie ihre großen Augen noch größer wurden und ihre Lippen sich öffneten. Sie glitt von der Balustrade hinunter und eilte ihm mit ausgestreckten Händen entgegen.
»Oh, Thomas! Lieber Thomas! Wie froh bin ich, daß du gekommen bist!«
Als er die beiden kleinen weißen Hände ergriff und sich zu ihr niederbeugte, erschien Mary Aldin an der Fenster-

tür. Beim Anblick der beiden Gestalten verharrte sie jählings; eine kleine Weile beobachtete sie sie, dann drehte sie sich langsam um.
Nevile fand Kay oben in ihrem Schlafzimmer. Das einzige Doppelzimmer im Haus bewohnte Lady Tressilian. Ehepaaren wurden stets die beiden nebeneinanderliegenden Räume angewiesen, die durch eine Tür miteinander verbunden waren und zu denen ein Badezimmer auf der Westseite des Hauses gehörte. Es war eine kleine Wohnung für sich.

14

Als Nevile durch die Verbindungstür eintrat, sah er Kay auf dem Bett liegen. Sie hob ihr tränenüberströmtes Gesicht und rief:
»Du bist also gekommen? Das wurde aber auch Zeit!«
»Was soll denn das alles? Bist du nicht bei Trost, Kay?«
Nevile sprach ruhig, aber ein Zug um seine Nasenflügel verriet unterdrückten Ärger.
»Warum hast du die *Illustrierte Woche* ihr und nicht mir gegeben?«
»Wirklich, Kay, du bist ein Kindskopf! So viel Aufhebens wegen der dummen Zeitschrift.«
»Du hast sie ihr und nicht mir gegeben«, wiederholte Kay eigensinnig.
»Aber warum auch nicht? Was spielt denn das für eine Rolle?«
»In meinen Augen eine große.«
»Ich weiß wirklich nicht, was in dich gefahren ist. Du kannst dich in einem fremden Haus nicht so benehmen. Hast du denn gar keine Kinderstube?«
»Warum hast du sie Audrey gegeben?«
»Weil sie sie haben wollte.«
»Ich wollte die Zeitschrift ebenfalls haben, und ich bin deine Frau.«

»Um so mehr Grund, sie der Älteren zu geben, die noch dazu, genau genommen, keine Verwandte ist.«
»Sie hat das absichtlich gemacht! Und du warst auf ihrer Seite.«
»Du benimmst dich wie ein dummes, neidisches Kind. Beherrsch dich doch um Gottes willen und führ dich in der Öffentlichkeit anständig auf!«
»Wie Audrey, meinst du wohl?«
Nevile entgegnete kalt:
»Jedenfalls weiß sie sich wie eine Dame zu benehmen. Sie läßt sich nicht gehen.«
»Sie stachelt dich gegen mich auf! Sie haßt mich und rächt sich.«
»Kay, willst du nicht endlich aufhören, Szenen heraufzubeschwören? Ich habe genug davon.«
»Dann laß uns fortgehen! Laß uns morgen abreisen. Ich hasse dieses Haus!«
»Wir sind erst vier Tage hier.«
»Das ist gerade genug! Laß uns doch gehen, Nevile.«
»Hör mich an, Kay. Ich hab wirklich langsam die Nase voll. Wir sind für zwei Wochen hergekommen, und wir bleiben auch zwei Wochen.«
»Du wirst es bereuen! Du und deine Audrey! Du findest sie wundervoll.«
»Ich finde Audrey nicht wundervoll. Ich finde, daß sie ein außerordentlich netter und guter Mensch ist, den ich sehr schlecht behandelt habe und der sich sehr großmütig gezeigt und mir verziehen hat.«
»Darin irrst du dich«, sagte Kay.
Sie stand vom Bett auf. Ihre Wut war verflogen. Sie sprach ernst, fast nüchtern.
»Audrey hat dir nicht verziehen. Ich hab ein paarmal gesehen, wie sie dich angeschaut hat ... Ich weiß nicht, was in ihr vorgeht, aber etwas geht in ihr vor. Sie läßt nur niemanden merken, was sie denkt.«
»Schade, daß es nicht mehr solche Menschen gibt«, warf Nevile ein.

Kay wurde blaß.
»Soll das gegen mich gerichtet sein?«
In ihrer Stimme schwang ein gefährlicher Unterton.
»Na, du hast immerhin nicht viel Zurückhaltung gezeigt, oder? Du läßt dir deine schlechte Laune stets deutlich anmerken. Du blamierst dich und mich.«
»Hast du noch mehr zu sagen?«
Das klang eisig.
Er erwiderte im gleichen kalten Ton: »Es tut mir leid, wenn ich zu scharf war. Aber es ist nun mal die Wahrheit. Du hast nicht mehr Selbstbeherrschung als ein Kind.«
»Du verlierst deine Beherrschung nie, was? Immer der selbstbeherrschte, bezaubernde Herr mit den glänzenden Umgangsformen! Ich glaube nicht, daß du überhaupt etwas fühlst – du bist nichts weiter als ein Fisch, ein gräßlicher, kaltblütiger Fisch! Warum läßt du dich nicht hin und wieder gehen? Warum schreist du mich nicht an?«
Nevile seufzte. Seine Schultern sanken zusammen.
»O Gott«, sagte er.
Er drehte sich um und verließ das Zimmer.

15

»Du siehst noch immer genauso aus wie als Siebzehnjähriger, Thomas«, sagte Lady Tressilian. »Ebenso eulenhaft wie damals. Und gesprächiger bist du auch nicht geworden. Warum nicht?«
Thomas erwiderte unbestimmt: »Weiß nicht. Hatte nie besondere Redegabe.«
»Das ganze Gegenteil von Adrian. Adrian war sehr eloquent und witzig.«
»Vielleicht ist das der Grund. Ich hab immer ihm das Reden überlassen.«
Lady Tressilian wechselte das Thema. Sie gab Thomas eine Audienz. Sie liebte es, stets nur einen Besucher zu empfan-

gen. Das ermüdete sie weniger und ließ ihr Gelegenheit, ihre Aufmerksamkeit zu konzentrieren.
»Du bist nun seit vierundzwanzig Stunden hier«, bemerkte sie. »Was hältst du von der Lage?«
»Von der Lage?«
»Tu nicht dümmer, als du bist. Du weißt ganz genau, was ich meine. Das Dreieck, das sich unter meinem Dach niedergelassen hat.«
Thomas antwortete vorsichtig: »Scheint ein bißchen Reibereien zu geben.«
Lady Tressilian lächelte fast teuflisch.
»Ich will dir gestehen, Thomas, daß ich die Sache höchst unterhaltend finde. Es ist ohne meinen Wunsch dazu gekommen – tatsächlich hab ich mein Bestes getan, das Arrangement zu verhindern. Nevile aber bestand unbedingt darauf, die beiden zusammenzubringen, und nun erntet er, was er gesät hat!«
»Hätte das Nevile nicht zugetraut«, warf Thomas ein, der sich unbehaglich fühlte.
»Interessant, daß du das sagst. Mir ging es nämlich genauso. Es sieht Nevile überhaupt nicht ähnlich. Wie die meisten Männer vermeidet er sonst alles, was Verwirrung oder Unannehmlichkeiten hervorrufen könnte. Ich dachte schon, daß es vielleicht gar nicht Neviles Einfall gewesen ist . . .«
Sie machte eine Pause und fügte dann ohne die leiseste Betonung hinzu:
»Audreys Idee kann es wohl nicht gewesen sein?«
»Auf keinen Fall«, gab Thomas prompt zurück.
»Und daß Kay darauf verfallen ist, kann ich kaum glauben. Oder sie müßte eine bemerkenswert gute Schauspielerin sein. Sie tut mir in letzter Zeit richtig leid.«
»Du magst sie nicht besonders, nicht wahr?«
»Nein, ich mag sie nicht. Sie scheint mir ein oberflächlicher und unausgeglichener Mensch zu sein. Aber, wie gesagt, allmählich tut sie mir geradezu leid. Sie kommt mir vor wie ein Nachtfalter im Lampenlicht. Sie hat keine Ahnung, was für eine Waffe sie benutzen soll. Zeigt sich schlechtgelaunt, un-

beherrscht, unhöflich – lauter Eigenschaften, die auf einen Mann wie Nevile keinen guten Eindruck machen.«

Thomas bemerkte ruhig: »Ich finde, daß Audrey diejenige ist, die sich in einer schwierigen Lage befindet.«

Lady Tressilian warf ihm einen scharfen Blick zu.

»Du warst von jeher verliebt in sie, nicht wahr, Thomas?«

Seine Antwort war ausweichend.

»Möglich.«

Aber die alte Dame ließ nicht locker.

»Seit deiner Kindheit.«

Er nickte widerstrebend.

»Und dann kam Nevile und schnappte sie dir weg?«

Er rutschte verlegen hin und her.

»Ja nun, ich hatte wohl nie irgendwelche Aussichten. Ich bin für Audrey der gute alte Thomas, weiter nichts.«

»Der getreue Thomas«, lächelte Lady Tressilian. »Das war dein Spitzname, wie?«

Auch er lächelte.

»Seit Jahren hab ich das nicht mehr gehört.«

»Vielleicht kommt dir das jetzt zugute.«

Sie begegnete seinem Blick mit völliger Offenheit.

»Treue ist eine Eigenschaft, die ein Mensch, der solche Erfahrungen gemacht hat wie Audrey, zu schätzen weiß. Manchmal wird Anhänglichkeit belohnt.«

Thomas schaute auf seine Hände nieder, die mit der Pfeife spielten.

»Mit dieser Hoffnung kam ich heim«, bekannte er.

16

Hurstall, der alte Diener, wischte sich die Stirn ab. Als er in die Küche kam, machte Mrs. Spicer, die Köchin, eine Bemerkung über sein verstörtes Aussehen.

»Wie soll es mir auch gutgehen«, entgegnete er. »Alles, was in diesem Haus getan und gesagt wird, scheint in Wirklich-

keit eine ganz andere Bedeutung zu haben. Begreifen Sie, was ich meine?«
Mrs. Spicer schüttelte den Kopf, und so fuhr er fort:
»Als sich eben alle zu Tisch setzten, sagte Miss Aldin: ›So, da wären wir‹, und das klang, als habe ein Dompteur lauter wilde Tiere in einen Käfig getrieben und dann die Tür zugesperrt. Es kam mir plötzlich vor, als wären wir alle in einer Falle gefangen.«
»Also, wissen Sie, Hurstall«, erwiderte Mrs. Spicer, »Sie müssen etwas gegessen haben, das Ihnen nicht bekommen ist.«
»Damit hat es nichts zu tun. Es hängt mit etwas Unfaßbarem zusammen, verstehen Sie? Vorhin fiel die Haustür ins Schloß, und da zuckte Mrs. Strange – unsere Mrs. Strange meine ich, Mrs. Audrey Strange – zusammen, als hätte man auf sie geschossen. Und dann dieses Schweigen. Alle benehmen sich so sonderbar. Als ob sie Angst hätten, miteinander zu reden. Und plötzlich fangen alle zu sprechen an, sagen das erstbeste, was ihnen einfällt.«
»Ja, so was ist verwirrend«, stimmte Mrs. Spicer zu.
»Zwei Frauen im Haus, die den gleichen Namen tragen. Ich finde das einfach nicht schicklich.«
Im Eßzimmer herrschte jenes Schweigen, das Hurstall soeben beschrieben hatte.
Es bedurfte geradezu einer Anstrengung, daß Mary Aldin sich an Kay wandte und sagte:
»Ich habe Ihren Freund, Mr. Latimer, für morgen zum Abendessen eingeladen.«
»Oh, schön«, versetzte Kay.
»Latimer?« ließ Nevile sich vernehmen. »Ist er denn hier?«
»Er wohnt im Hotel Easterhead«, gab Kay Bescheid.
»Wir könnten mal einen Abend dort essen«, meinte Nevile.
»Wann geht die letzte Fähre?«
»Um halb zwei«, antwortete Mary.
»Sicher wird im Hotel abends getanzt?«
»Die meisten Leute dort sind hundert Jahre alt«, bemerkte Kay.

»Nicht sehr unterhaltend für deinen Freund«, sagte Nevile zu Kay.
Mary fiel rasch ein: »Wir könnten einmal zur Easterhead-Bucht gehen und dort baden. Das Wasser ist noch ganz warm, und der Strand ist sehr hübsch.«
Thomas wandte sich leise an Audrey: »Ich wollte morgen segeln. Hast du Lust, mitzukommen?«
»O ja, ich komme gern mit.«
»Wir könnten alle segeln gehen«, meinte Nevile.
»Ich dachte, du wolltest Golf spielen«, entgegnete Kay.
Mary fragte Kay, ob sie auch spiele.
»Ja, aber nicht sehr gut.«
Nevile mischte sich ein: »Kay wäre eine sehr gute Spielerin, wenn sie sich ein bißchen Mühe gäbe. Sie hat einen prächtigen Schlag.«
Kay richtete das Wort an Audrey: »Du treibst gar keinen Sport, nicht wahr?«
»Nicht ernsthaft. Ich spiele Tennis, aber sehr schlecht.«
»Spielst du noch immer Klavier, Audrey?« erkundigte sich Thomas.
Sie schüttelte den Kopf.
»Nein, nicht mehr.«
»Du hast ziemlich gut gespielt«, bemerkte Nevile.
»Ich dachte, du machst dir nichts aus Musik«, sagte Kay.
»Ich verstehe nicht viel davon«, erwiderte er unbestimmt. »Ich hab mich immer gewundert, wie Audrey es fertigbrachte, mit ihren kleinen Händen eine Oktave zu greifen.«
Er blickte auf Audreys Hände.
Audrey errötete und versetzte schnell: »Mein kleiner Finger ist sehr lang. Das hilft.«
»Dann bist du selbstsüchtig«, erklärte Kay. »Bei selbstlosen Menschen ist der kleine Finger kurz.«
»Ist das wahr?« lachte Mary. »Dann bin ich selbstlos. Da, ich habe einen ganz kurzen kleinen Finger.«
»Ich glaube, daß du wirklich selbstlos bist«, sagte Thomas und betrachtete sie nachdenklich.
Mary wurde rot und fuhr hastig fort: »Wer von uns ist am

selbstlosesten? Mein kleiner Finger ist kürzer als Kays. Aber Thomas schlägt mich noch, scheint mir.«
»Ich schlage euch beide«, lächelte Nevile. »Schaut nur.«
Er streckte die Hand aus.
»Immerhin nur die eine Hand!« rief Kay. »Der kleine Finger an deiner linken Hand ist kurz, aber der an deiner rechten ist viel länger. Und die linke Hand drückt das aus, was man mitbekommen hat, und die rechte das, was man aus seinem Leben macht. Das bedeutet also, daß du selbstlos geboren bist und mit der Zeit immer selbstsüchtiger wirst.«
»Können Sie etwa aus der Hand lesen, Kay?« lachte Mary. »Mir hat mal eine Zigeunerin geweissagt, ich würde zweimal heiraten, drei Kinder bekommen und viele weite Reisen machen. Ich muß mich also beeilen!«
»Möchtest du gern reisen?« fragte Thomas.
»Nichts täte ich lieber.«
In seiner bedächtigen Art dachte er über ihr Leben nach. Dauernd im Dienst einer alten Frau. Eine ruhige, taktvolle, geschickte Gesellschafterin.
Er erkundigte sich: »Wie lange bist du eigentlich schon hier?«
»Bald sind's fünfzehn Jahre. Vorher hab ich meinen Vater gepflegt, bis er starb. Jetzt bin ich sechsunddreißig. Das wolltest du doch wissen, wie?«
»Ich bin überrascht«, bekannte er. »Du könntest jedes Alter haben.«
»Das ist ein ziemlich zweifelhaftes Kompliment!«
Als sie sah, daß er sie forschend betrachtete, strich sie sich ihre weiße Locke zurück.
»Die weiße Strähne hab' ich seit meiner Kindheit.«
»Ich mag sie sehr gern«, sagte Thomas schlicht.
»Nun, wie lautet das Urteil?« bemerkte sie, als er sie noch immer musterte.
Sein sonnverbranntes Gesicht wurde um eine Schattierung dunkler.
»Ich weiß, es ist unhöflich, so zu starren. Ich dachte nur darüber nach, wie du wohl in Wirklichkeit bist.«

»Bitte«, sagte sie hastig und hob die Tafel auf. Sie schob ihre Hand unter Audreys Arm, während sie zum Wohnzimmer hinüberging, und verkündete:
»Morgen kommt auch der alte Mr. Treves zum Abendessen.«
»Wer ist das?« fragte Nevile.
»Er hat eine Empfehlung von Rufus Lord. Er wohnt im Hotel Balmoral. Ein reizender alter Herr, herzleidend und schon ziemlich gebrechlich, aber er ist geistig sehr rege und scheint ein glänzender Unterhalter zu sein. Er kennt viele interessante Leute. Jurist von Beruf.«
»Alle Menschen, die hierherkommen, sind so gräßlich alt«, murrte Kay.
Sie stand unter einer großen Lampe. Thomas musterte sie mit dem gleichen angespannten Interesse, mit dem er alles, was in sein Blickfeld geriet, zu beobachten pflegte.
Ihre starke, leidenschaftliche Schönheit überraschte ihn irgendwie. Eine Schönheit lebhafter Farben, üppiger, strahlender Vitalität. Von ihr blickte er zu Audrey hinüber – blaß und unscheinbar stand sie da in ihrem silbergrauen Kleid.
Er lächelte vor sich hin und murmelte: »Schneeweißchen und Rosenrot.«
»Wie bitte?« fragte Mary neben ihm.
Er wiederholte seine Worte und fügte hinzu: »Du kennst doch sicher das Märchen . . .«
Mary erwiderte: »Das ist eine treffende Beschreibung.«

17

Genießerisch nippte Treves an seinem Glas. Ein ausgezeichneter Wein. Und ein vorzügliches Essen. Offenbar wurde das Haus tadellos geführt, obwohl die Herrin das Bett hüten mußte.
Er ließ die Augen auf der auffallend schönen jungen Frau ruhen, die Nevile Stranges Gattin war. Neben ihr saß Ted Lati-

mer, der ihr den Hof machte. Strahlend und selbstsicher plauderte sie mit ihm.
Der bloße Anblick solch herzerfrischender Vitalität wärmte Treves' alte Knochen. Nichts Schöneres gab es als Jugend!
Kein Wunder, daß ihr Mann seine erste Frau verlassen hatte.
Audrey saß neben dem alten Treves. Ein reizendes Geschöpf und eine wirkliche Dame – aber solche Frauen wurden häufig im Stich gelassen.
Er betrachtete sie von der Seite. Sie blickte auf ihren Teller herab. Etwas in ihrer völlig unbewegten Haltung erschreckte Treves. Er fragte sich, woran sie wohl denken mochte.
Als die Tafel aufgehoben war, schritt Kay im Wohnzimmer schnurstracks auf das Grammophon zu und legte eine Platte mit Tanzmusik auf.
Mary Aldin sagte entschuldigend zu Treves: »Sicher mögen Sie diese Art von Musik nicht . . .«
»O doch«, entgegnete Treves unaufrichtig, aber höflich.
»Später können wir Bridge spielen. Aber es hätte keinen Zweck, jetzt damit anzufangen, weil Lady Tressilian noch mit Ihnen plaudern möchte.«
»Das wird mir ein Vergnügen sein. Sie kommt nie herunter?«
»Früher kam sie im Rollstuhl herunter. Deshalb wurde auch der Lift eingebaut. Aber jetzt bleibt sie immer in ihrem Zimmer. Da kann sie reden, mit wem sie will, indem sie Audienz erteilt.«
»Ausgezeichnet ausgedrückt. Sie hat etwas Königliches.«
In der Mitte des Zimmers bewegte sich Kay in gemessenem Tanzschritt.
»Schieb das Tischchen zur Seite, Nevile«, sagte sie im Befehlston. Ihre Augen glänzten.
Folgsam schob Nevile das Tischchen zur Seite. Dann trat er auf Kay zu, aber sie wandte sich demonstrativ Ted Latimer zu.
»Komm, Ted, laß uns tanzen.«
Nevile zögerte einen Augenblick, dann trat er zu Audrey, die am Fenster stand.
»Magst du tanzen, Audrey?«

Sein Ton war förmlich, fast kühl. Reine Höflichkeit schien aus der Aufforderung zu sprechen. Nach leichtem Zaudern folgte Audrey ihm.
Währenddessen machte Mary eine beiläufige Bemerkung zu Treves, aber der alte Herr schien sie nicht zu hören. Sie vermochte nicht festzustellen, ob er die Tanzpaare beobachtete oder Thomas Royde aufs Korn genommen hatte, der allein auf der anderen Seite stand.
Nach einer Weile löste sich Audrey aus Neviles Arm und sagte mit einem kleinen entschuldigenden Lachen:
»Es ist wirklich zu heiß zum Tanzen.«
Sie wandte sich der offenen Fenstertür zu und trat auf die Terrasse hinaus.
»Oh, geh ihr doch nach, du Narr«, murmelte Mary.
Sie hatte lauter gesprochen als gewollt, und der alte Treves blickte sie verwundert an.
Sie errötete und stieß ein verwirrtes Lachen aus.
»Ich habe laut gedacht. Aber er reizt mich wirklich. Er ist so schwerfällig!«
»Mr. Strange?«
»Oh, nein, nicht Nevile. Ich meine Thomas Royde.«
Thomas Royde traf gerade Anstalten, sich vorwärts zu bewegen, da war Nevile Audrey bereits gefolgt.
Eine kleine Weile ruhten Treves' Augen nachdenklich auf der Fenstertür, dann kehrten sie zu dem tanzenden Paar zurück.
»Ein flotter Tänzer, dieser junge Mann«, bemerkte er. »Latimer heißt er, nicht wahr?«
»Ja, Edward Latimer.«
»Vermutlich ein alter Freund von Mrs. Strange?«
»Ja.«
»Und womit verdient sich dieser höchst ansehnliche junge Mann seinen Lebensunterhalt?«
»Oh, das weiß ich nicht einmal.«
»Soso«, bemerkte Treves und legte eine Welt von Verständnis in das harmlose Wörtchen.
»Er wohnt im Hotel Easterhead«, fuhr Mary fort.

»Eine sehr angenehme Situation«, versetzte Treves, in Gedanken noch immer bei dem sorglosen Leben, das der junge Mann offensichtlich führen konnte.
Sinnend fuhr er nach einer Weile fort: »Hat eine interessante Schädelform ... sehr ungewöhnlich. Diese Schädelform sah ich zum letzten Mal bei einem Mann, der wegen Mordes an einem Juwelier verurteilt wurde.«
»Sie meinen doch nicht etwa ...«
»Ganz und gar nicht«, fiel der alte Herr ein. »Sie mißverstehen mich. Ich wollte damit nur andeuten, daß sich hinter einem bestrickenden Äußeren eine schwarze Seele verbergen kann. Sonderbar, aber so ist's.«
Mild lächelte er sie an.
»Wissen Sie, Mr. Treves«, stammelte Mary, »ich fürchte mich ein bißchen vor Ihnen.«
»Aber ich bitte Sie!«
»Doch, doch. Sie sind ein so scharfer Beobachter.«
»Meine Augen sind so gut wie je«, versetzte Treves friedlich. »Ob das ein Glück oder ein Unglück ist, vermag ich nicht zu entscheiden.«
»Wie könnte es denn ein Unglück sein?«
Treves schüttelte zweifelnd den Kopf.
»Manchmal wird man in eine verantwortungsvolle Position gedrängt. Und es ist nicht immer leicht, zu sagen, welche Richtung man einschlagen soll.«
Hurstall brachte den Kaffee. Servierte Mary, dem alten Herrn und Thomas Royde eine Tasse und stellte dann auf einen Wink Marys hin, das Tablett auf dem Couchtisch ab.
Kay rief über Teds Schulter: »Wir wollen die Platte noch abspielen lassen.«
Mary sagte: »Ich bringe Audrey den Kaffee.«
Sie schritt zur Fenstertür, die Tasse in der Hand. Treves begleitete sie. Als sie auf der Schwelle stehenblieb, schaute er über ihre Schulter.
Audrey saß in der Ecke auf der Balustrade. Der helle Mondschein schien ihre Schönheit zu beleben – eine Schönheit der Linien eher als der Farben. Diese Schönheit verging auch

nicht mit dem Alter. Sie saß reglos da, während Nevile Strange dastand und auf sie niederblickte.
Nevile machte einen Schritt auf sie zu und sagte: »Audrey, du ...«
Sie sprang leicht auf die Füße und griff sich mit der einen Hand ans Ohr: »Oh, mein Ohrring! Er muß hinuntergefallen sein.«
»Wo? Warte, ich suche ihn ...«
Sie bückten sich beide. Plötzlich rief Nevile: »Halt still, Audrey! Mein Manschettenknopf hat sich in deinem Haar verfangen.«
Sie rührte sich nicht, während er sich frei zu machen versuchte.
»Au! Du reißt mir ja die Haare aus. Wie ungeschickt du bist, Nevile, mach doch ein bißchen rasch.«
Der Mond schien hell genug, so daß die beiden Zuschauer sahen, was Audrey nicht sehen konnte: Seine Hände zitterten, während sie mit dem Silberhaar beschäftigt waren.
Aber auch Audrey bebte – als ob sie plötzlich fröre.
Mary zuckte zusammen, als eine ruhige Stimme hinter ihr sagte: »Entschuldigung ...«
Thomas ging an ihr vorbei und trat auf die Terrasse hinaus.
»Kann ich helfen?« fragte er.
Nevile richtete sich auf und entfernte sich von Audrey.
»Danke, die Sache ist schon in Ordnung.«
Er sah ziemlich blaß aus.
»Du frierst«, bemerkte Thomas zu Audrey. »Komm herein und trink deinen Kaffee.«
Kay und Ted tanzten nicht mehr.
Die Tür öffnete sich, und eine große, hagere Frau, die ganz in Schwarz gekleidet war, trat ein. In ehrfurchtsvollem Tone sagte sie:
»Lady Tressilian läßt grüßen, und sie würde sich freuen, wenn Mr. Treves jetzt zu ihr hinaufkäme.«

18

Lady Tressilian empfing Treves mit offensichtlichem Vergnügen.

Es dauerte nicht lange, bis die beiden alten Leute Erinnerungen austauschten und über gemeinsame Bekannte plauderten.

Eine halbe Stunde später stieß Lady Tressilian einen tiefen Seufzer der Befriedigung aus.

»Ach, das war schön! Nichts geht über ein bißchen Klatsch.«

»Ein wenig Bosheit verleiht dem Leben Würze.«

»Was halten Sie übrigens von unserem Dreieck?«

Treves schien ausweichen zu wollen.

»Die zweite Mrs. Strange ist eine sehr anziehende junge Dame«, sagte er.

»Audrey ebenfalls«, erklärte Lady Tressilian.

»Ja, sie hat Charme«, gab Treves zu.

»Wollen Sie mir etwa erzählen, daß Sie es verstehen können, wenn ein Mann Audrey, die ein Mensch mit seltenen Eigenschaften ist, um . . . um einer Kay willen verläßt?«

Treves erwiderte ruhig: »Gewiß. Dergleichen geschieht oft.«

»Schrecklich! Wenn ich ein Mann wäre, hätte ich Kay sehr bald über und würde es bereuen, so eine Dummheit begangen zu haben!«

»Auch das geschieht oft. Eine plötzliche leidenschaftliche Verliebtheit ist selten von längerer Dauer«, sagte Treves, der selber völlig leidenschaftslos aussah.

»Und was geschieht dann?« fragte die alte Dame.

»Meist gewöhnen sich die Beteiligten aneinander. Manchmal kommt es zu einer zweiten Scheidung. Dann heiratet der Mann manchmal zum dritten Mal – einen mitfühlenden Menschen.«

»Unsinn! Nevile ist doch kein Mormone.«

»Gelegentlich heiratet der Mann auch seine erste Frau wieder.«

»Ausgeschlossen! Dazu ist Audrey viel zu stolz.«

»Glauben Sie?«

»Ich bin dessen sicher.«
»Meiner Erfahrung nach hört bei den Frauen der Stolz auf, wenn es sich um Liebe handelt.«
»Sie verstehen Audrey nicht. Nachdem Nevile sie verlassen hatte, wünschte sie ihn nie mehr wiederzusehen.«
Treves hüstelte diskret.
»Und doch ist sie hier.«
»Nun ja«, sagte Lady Tressilian ärgerlich. »Ich gebe zu, daß ich diese modernen Anschauungen nicht begreife. Wahrscheinlich ist Audrey nur hier, um zu beweisen, daß es ihr nichts ausmacht.«
»Möglich. Das kann sie sich sehr gut einreden.«
»Sie meinen, daß sie im Grunde noch an Nevile hängt, und daß . . . o nein! So etwas will ich nicht glauben!«
»Eine Spannung ist jedenfalls vorhanden«, sagte Treves bedächtig. »Sie ist fast greifbar.«
»Sie fühlen sie also auch?« fragte Lady Tressilian scharf.
»Ich bin verwirrt, das muß ich gestehen. Die wahren Empfindungen der Beteiligten bleiben verborgen, aber meiner Meinung nach hocken wir auf Dynamit. Die Explosion kann jede Minute erfolgen.«
»Was läßt sich dagegen tun?«
»Das weiß ich leider auch nicht. Irgendwo gibt es einen Brennpunkt, aber da er im dunkeln liegt, läßt sich schwer sagen, wo man ansetzen sollte.«
»Ich habe keineswegs die Absicht, Audrey zu bitten, abzureisen. Soweit ich es beurteilen kann, hat sie sich in dieser schwierigen Lage tadellos benommen. Sie war stets höflich, aber reserviert. Ihr Verhalten ist untadelig.«
»Sicher, sicher«, nickte Treves. »Aber trotzdem übt sie auf Nevile eine starke Wirkung aus.«
»Nevile benimmt sich nicht korrekt. Ich werde mit ihm darüber sprechen. Aber ich könnte ihn keinesfalls an die Luft setzen. Matthew betrachtete ihn nun einmal als seinen Adoptivsohn.«
»Ich weiß.«
Lady Tressilian seufzte. Mit gedämpfter Stimme fragte sie:

»Wissen Sie auch, daß Matthew hier ertrunken ist?«
»Ja.«
»Viele Leute haben sich gewundert, daß ich hiergeblieben bin. Aber hier fühle ich mich ihm nahe. Ich hatte immer gehofft, daß ich ihm bald folgen würde, aber es scheint, daß ich noch lange auf Erden bleiben soll – hilflos, von andern abhängig!«
»Aber Sie haben sehr treue und ergebene Angestellte, nicht wahr? Und sicher ist es auch ein großes Glück für Sie, daß Sie Miss Aldin haben.«
»O ja. Ich bin froh, daß Mary da ist.«
»Ist sie verwandt mit Ihnen?«
»Eine entfernte Nichte. Sie gehört zu jenen selbstlosen Geschöpfen, die sich immer für andere aufopfern. Erst hat sie ihren Vater gepflegt, und nun sorgt sie für mich und mein Haus. Sie ist außerordentlich gescheit und belesen. Zudem hat sie eine geschickte Art, alle Streitigkeiten und Ärgernisse zu vermeiden.«
»Ist sie schon lange bei Ihnen?«
»Seit zwölf Jahren – nein, schon länger. Dreizehn ... oder vierzehn. Sie war mir von jeher ein großer Trost.«
Treves nickte.
Lady Tressilian, die ihn durch halbgeschlossene Lider betrachtete, sagte plötzlich:
»Was ist los? Sie machen sich über etwas Gedanken?«
»Ein bißchen«, antwortete Treves. »Nur ein bißchen. Sie haben sehr scharfe Augen.«
»Ich liebe es, die Menschen zu beobachten. Ich merkte immer sofort, wenn Matthew sich irgendwelche Sorgen machte.«
Sie seufzte abermals und lehnte sich in die Kissen zurück.
»Ich muß Ihnen jetzt gute Nacht sagen. Ich bin müde. Aber es war mir ein großes Vergnügen. Kommen Sie bald wieder zu mir.«
»Sie können sich darauf verlassen, daß ich von Ihrer freundlichen Einladung Gebrauch machen werde. Ich hoffe nur, daß ich Sie nicht zu sehr angestrengt habe.«

»O nein. Ich werde immer ganz plötzlich müde. Seien Sie so gut und läuten Sie für mich, ja?«
Treves zog bedächtig an dem altmodischen Glockenstrang, der in einer großen Quaste endete.
»Eine richtige Antiquität«, bemerkte er.
»Meine Glocke? Ja. Ich mag dieses elektrische Zeug nicht. Meistens ist so eine elektrische Klingel nicht in Ordnung, und dann drückt man vergebens auf den Knopf. Dieses Ding versagt nie. Die Glocke läutet oben in Barretts Zimmer – sie ist über ihrem Bett angebracht. So kann Barrett immer rasch kommen, und wenn es einmal länger dauert, läute ich einfach nochmal.«
Als Treves das Zimmer verließ, hörte er, wie der Strang abermals gezogen wurde, und vernahm von irgendwo über seinem Kopf das Klingeln. Er schaute auf und bemerkte die Drähte, die sich längs der Decke hinzogen. Barrett kam eilends die Treppe herunter und ging an ihm vorbei, um dem Ruf ihrer Herrin Folge zu leisten.

19

Langsam schritt Treves die Treppe hinab. Seine Miene drückte Unsicherheit aus.
Er fand die ganze Gesellschaft im Wohnzimmer versammelt. Mary schlug sogleich eine Bridge-Partie vor, doch Treves lehnte mit der Entschuldigung ab, daß er schon bald aufbrechen müsse.
»Mein Hotel ist sehr altmodisch«, erklärte er. »Dort erwartet man, daß die Gäste vor Mitternacht heimkehren.«
»Bis dahin ist noch viel Zeit – erst halb elf«, sagte Nevile. »Man wird Sie hoffentlich nicht aussperren?«
»O nein. Ich bezweifle sogar, daß die Eingangstür in der Nacht abgeschlossen wird. Um neun Uhr wird sie zugemacht, aber man braucht bloß auf die Klinke zu drücken und kann hinein.«

»Tagsüber macht hier niemand die Tür zu«, bestätigte Mary. »Auch bei uns steht sie den ganzen Tag weit offen – aber am Abend schließen wir zu.«
»Wie lebt es sich eigentlich im Balmoral?« erkundigte sich Ted Latimer.
»Recht angenehm«, gab Treves Auskunft. »Gute Betten, gute Küche, geräumige Schränke und riesige Badezimmer. Allerdings hatte ich Pech. Vorsorglicherweise hatte ich mir zwei Zimmer im Erdgeschoß reservieren lassen, weil ich herzleidend bin und keine Treppen steigen darf. Doch als ich ankam, waren die Zimmer infolge eines Krankheitsfalles nicht frei, und ich mußte im obersten Stock einziehen. Na, glücklicherweise ist ein Lift da, so daß es im Grunde keine Rolle spielt, ob ich unten oder oben wohne.«
Kay rief: »Ted, warum ziehst du nicht auch ins Balmoral? Dann hättest du es nicht so weit von hier.«
»Ach, das Hotel scheint nicht ganz mein Fall zu sein.«
»Da haben Sie recht, Mr. Latimer«, nickte Treves. »Es liegt gar nicht auf Ihrer Linie.«
Aus irgendeinem Grund errötete Ted.
»Ich weiß nicht, was Sie damit meinen.«
Mary, die eine Spannung witterte, beeilte sich, eine Bemerkung über eine Zeitungssensation des Tages zu machen: »Wißt ihr eigentlich, daß man im Mordfall von Kentish einen Mann verhaftet hat?«
»Das ist nun schon der zweite«, fiel Nevile ein. »Hoffentlich ist es diesmal der Mörder.«
»Man wird ihn trotzdem nicht verurteilen können«, sagte Treves.
»Ungenügendes Beweismaterial?«
»Ja.«
»Ich glaube, daß sich zum Schluß doch immer ausreichend Beweise finden«, äußerte sich Kay.
»Nicht immer, Mrs. Strange. Sie würden erstaunt sein, wenn Sie wüßten, wie viele Menschen, die ein Verbrechen verübt haben, frei herumlaufen.«
»Weil sie nicht überführt werden konnten, meinen Sie?«

»Nicht nur das. Es gab vor zwei Jahren einen berühmten Fall, wo die Polizei genau wußte, wer mehrere Kinder ermordet hatte. Und trotzdem war sie machtlos. Zwei Leute gaben dem Mann ein Alibi. Das Alibi war falsch, aber man konnte es nicht beweisen. Folglich kam der Mörder ungestraft davon.«
»Wie schrecklich!« murmelte Mary.
Thomas klopfte seine Pfeife aus und sagte in ruhigem, nachdenklichem Ton: »Das bestärkt mich in meiner Ansicht – daß es sich mitunter rechtfertigen läßt, wenn man das Urteil selber vollstreckt.«
»Wie meinen Sie das, Mr. Royde?«
Thomas begann seine Pfeife frisch zu stopfen.
»Angenommen, Sie wissen von einer schmutzigen Tat ... wissen, daß der Mann, der sie begangen hat, nach den bestehenden Gesetzen nicht zu bestrafen ist ... daß er frei ausgehen wird. Dann ist man meiner Meinung nach berechtigt, das Urteil selber zu vollstrecken.«
Treves sagte erregt: »Ein sehr gefährlicher Standpunkt, Mr. Royde! Ein solches Vorgehen wäre ganz und gar ungesetzlich!«
»Das sehe ich nicht so. Es handelt sich ja darum, daß die Tatsachen klar sind – das Gesetz ist nur machtlos!«
»Trotzdem wäre ein privates Eingreifen unentschuldbar.«
Thomas lächelte – ein sehr mildes Lächeln.
»Ich bin nicht überzeugt«, erklärte er. »Wenn einem Mann der Hals umgedreht werden sollte, so würde ich die Verantwortung schon übernehmen, das zu besorgen!«
»Und damit würden Sie sich selber strafbar machen!«
Noch immer lächelnd gab Thomas zurück: »Ich müßte natürlich sehr vorsichtig vorgehen ...«
Audrey fiel mit ihrer hellen Stimme ein: »Du würdest erwischt werden, Thomas.«
»Das bezweifle ich«, entgegnete Thomas.
»Ich kenne einen Fall ...«, begann Treves, doch dann brach er ab. Entschuldigend setzte er hinzu: »Kriminologie ist mein Steckenpferd, müssen Sie wissen.«
»Oh, bitte erzählen Sie«, flehte Kay.

»Ich habe eine ziemliche Erfahrung mit Kriminalfällen«, sagte Treves, »aber nur einige sind wirklich interessant. Die meisten Mörder gehen sehr kurzsichtig vor und sind deshalb uninteressant. Immerhin könnte ich Ihnen ein fesselndes Beispiel nennen.«
»Oh, bitte . . .«
Treves sprach langsam; offenbar wählte er seine Worte mit Bedacht.
»Der Fall betrifft ein Kind. Ich erwähne weder das Alter noch das Geschlecht des Kindes. Es handelt sich dabei um folgende Tatsachen: Zwei Kinder spielen mit Pfeil und Bogen. Das eine Kind traf das andere mit seinem Pfeil und verletzte es tödlich. Es fand eine Untersuchung statt; das überlebende Kind war ganz verstört, der Unglücksfall wurde bedauert, und man hatte Mitleid mit dem unglücklichen Täter.«
Er machte eine Pause.
»Ist das alles?« fragte Ted Latimer.
»Das ist alles. Ein bedauernswerter Unglücksfall. Aber die Geschichte hat noch eine andere Seite. Zufällig war kurze Zeit vorher ein Bauer durch den nahe gelegenen Wald gegangen. Dort hatte er das Kind auf einer Lichtung gesehen, wie es mit Pfeil und Bogen übte.«
Treves machte abermals eine Pause, um die Bedeutung seiner Worte wirken zu lassen.
»Sie meinen«, begann Mary ungläubig, »es war gar kein Unglücksfall, sondern Absicht?«
»Ich weiß es nicht«, erwiderte Treves. »Ich habe es nie erfahren. Aber bei der Untersuchung wurde festgestellt, daß die Kinder noch nie mit Pfeil und Bogen gespielt hatten und infolgedessen ahnungslos drauflos schossen.«
»Das stimmte also nicht?«
»Das traf bei dem einen Kind auf jeden Fall nicht zu!«
»Was tat denn der Bauer?« erkundigte sich Audrey atemlos.
»Er tat gar nichts. Ob das richtig war oder nicht, vermag ich nicht zu entscheiden. Die Zukunft des Kindes stand

auf dem Spiel. Er fand wohl, daß man einem Kind einen Zweifel zubilligen könnte.«
»Aber Sie selber hegen keinen Zweifel am wirklichen Tathergang?« fragte Audrey.
Treves erwiderte ernst: »Persönlich bin ich der Meinung, daß es ein vorsätzlicher Mord war. Ein Mord, den ein Kind bis in jede Einzelheit geplant und durchgeführt hat.«
»Hatte es ein Motiv für die Tat?« forschte Ted.
»O ja. Kindliche Neckereien, unfreundliche Worte – genug, um Haß zu erwecken. Kinder hassen leicht . . .«
»Aber die genaue Überlegung, die dabei notwendig war!« rief Mary.
»Ja, das war schlimm. Dazu gehörte allerlei. Man stelle sich ein Kind vor, das im geheimen einen Mordplan hegt, alles zur Ausführung vorbereitet, dann die Tat ausführt und schließlich Kummer und Verzweiflung vortäuscht. Das war so unglaublich, daß das Gericht diese Vermutung gar nicht hätte gelten lassen.«
»Was ist aus dem Kind geworden?« fragte Kay neugierig.
»Sein Name wurde geändert, soviel ich weiß. Das schien ratsam, nachdem die Sache derart viel Staub aufgewirbelt hatte. Heute ist das Kind längst erwachsen – irgendwo auf der Erde. Die Frage ist, ob es wohl noch immer das Herz eines Mörders hat?« Nachdenklich fügte Treves hinzu: »Es ist lange her, aber ich würde meinen kleinen Mörder jederzeit wiedererkennen.«
»Das ist doch wohl ausgeschlossen«, meinte Thomas.
»O nein. Das Kind hatte ein besonderes körperliches Kennzeichen. Na, wir wollen das Thema lieber fallenlassen. Es ist nicht gerade vergnüglich. Außerdem muß ich mich jetzt auf den Heimweg machen.«
Treves erhob sich.
»Wollen Sie nicht erst noch etwas trinken?« forderte Mary ihn auf.
Die Getränke standen auf demTisch am andern Ende des Raumes. Thomas, der sich in der Nähe befand, trat zu dem Tisch und entkorkte die Whiskyflasche.

»Einen Whisky-Soda, Mr. Treves? Und Sie, Mr. Latimer?«
Nevile sagte mit gedämpfter Stimme zu Audrey: »Der Abend ist so schön. Komm doch ein bißchen mit hinaus.«
Sie hatte beim Fenster gestanden und auf die mondbeschienene Terrasse hinausgeblickt.
Er ging an ihr vorbei und wartete draußen.
Sie schüttelte rasch den Kopf und wandte sich ins Zimmer zurück.
»Nein, ich bin müde. Ich . . . ich will lieber zu Bett gehen.«
Sie durchquerte den Raum und verließ das Zimmer.
Kay gähnte unverhohlen.
»Ich bin auch müde. Wie steht's mit Ihnen, Mary?«
»Ich gehe ebenfalls schlafen. Gute Nacht, Mr. Treves. Begleite Mr. Treves, Thomas, ja?«
Die beiden Frauen gingen hinaus.
Ted Latimer sagte liebenswürdig zu Treves: »Ich habe denselben Weg wie Sie, Mr. Treves. Ich muß zur Fähre und komme an Ihrem Hotel vorbei.«
»Besten Dank, Mr. Latimer. Es freut mich, wenn Sie mich begleiten.«
Obwohl Treves die Absicht geäußert hatte, heimgehen zu wollen, schien er nun keine Eile mehr zu haben. Er nippte genießerisch seinen Whisky und ließ sich von Thomas über das Leben in Indonesien berichten.
Thomas zeigte sich wieder einmal einsilbig. Offenbar weilten seine Gedanken ganz woanders, und es schien ihm Mühe zu bereiten, die Fragen des alten Herrn zu beantworten.
Ted Latimer wartete ungeduldig auf den Aufbruch.
Unvermittelt warf er ins Gespräch: »Ach, das hätte ich fast vergessen! Ich habe Kay ein paar Grammophonplatten mitgebracht, die sie haben wollte. Sie sind in der Halle. Ich hole sie. Würden Sie ihr morgen Bescheid sagen, Mr. Royde?«
Thomas nickte.
Ted verließ das Zimmer.
»Der junge Mann hat eine unruhige Natur«, bemerkte Treves.

Thomas knurrte irgend etwas Unverständliches.
Treves setzte das ziemlich einseitig geführte Gespräch eine Weile fort, bis Nevile von der Terrasse zurückkehrte.
Im gleichen Augenblick kam Ted von der Halle herein.
»Nanu, Ted, was schleppst du denn da?« fragte Nevile.
»Grammophonplatten für Kay. Sie bat mich, sie mitzubringen.«
»Ach? Davon hat sie mir gar nichts gesagt.«
Nur einen Augenblick war eine Spannung zwischen den beiden zu spüren; dann ging Nevile zu dem Tisch mit den Getränken hinüber und schenkte sich ein Glas Whisky-Soda ein. Er sah erregt und unglücklich aus und atmete heftig.
Seit Neviles Erscheinen schien Thomas das Gefühl zu haben, seiner Pflichten als Gastgeber enthoben zu sein. Er verließ den Raum, ohne sich zu verabschieden – offenbar hatte er das völlig vergessen –; sein Gang war etwas rascher als gewöhnlich.
»Ein wunderbarer Abend«, bemerkte Treves höflich. »Jetzt muß ich aber wirklich gehen.«
»Kommen Sie bald wieder und besuchen Sie Lady Tressilian«, sagte Nevile, während er die beiden Herren in die Halle hinausbegleitete. »Sie wirken ungeheuer anregend auf meine Tante. Sie hat jetzt so wenig Kontakt zur Außenwelt. Sie ist wundervoll, nicht wahr?«
»Ja, wirklich. Ein prächtiger Mensch.«
Treves hüllte sich sorgsam in Schal und Mantel, und nachdem er sich von Nevile verabschiedet hatte, ging er mit Ted zusammen hinaus.
Das Hotel Balmoral lag kaum mehr als hundert Meter entfernt, man brauchte nur um die nächste Ecke zu biegen. Zur Fähre, zu der Ted mußte, hatte man noch weitere zwei- bis dreihundert Meter zu gehen; die Anlegestelle befand sich an der schmalsten Stelle des Flusses.
Treves blieb vor dem Hotel stehen und streckte seine Hand aus.
»Gute Nacht, Mr. Latimer. Bleiben Sie eigentlich noch länger hier?«

Ted lächelte, daß seine weißen Zähne blitzten.
»Das hängt ganz davon ab, Mr. Treves. Bis jetzt habe ich mich noch nicht gelangweilt.«
Eine Wolke hatte sich vor den Mond geschoben. Die Straße war sehr dunkel. Aus der Finsternis löste sich die Gestalt eines Mannes, der den Hang heraufkam. Es war Thomas Royde.
»Bin gerade ein bißchen zur Fähre spaziert«, murmelte er undeutlich, ohne die Pfeife aus dem Mund zu nehmen. »Ist das Ihr Hotel?« fragte er Treves. »Sieht ganz so aus, als ob man Sie ausgesperrt hätte.«
»Oh, das glaube ich nicht«, entgegnete Treves.
Er drückte auf die mächtige Metallklinke, und die Tür öffnete sich.
»Wir bringen Sie noch hinein«, sagte Thomas.
Alle drei betraten die Halle, die nur von einer einzigen Lampe matt erhellt wurde. Niemand war zu sehen.
Plötzlich stieß Treves einen empörten Ausruf aus.
Am Lift hing ein Schild, auf dem stand:

AUSSER BETRIEB

»Meine Güte!« ärgerte sich Treves. »Wie unangenehm! Nun muß ich alle die Stufen hinaufsteigen.«
»Zu dumm!« meinte auch Thomas. »Gibt es keinen Gepäckaufzug?«
»Leider nicht. Dieser Lift hier dient allen Zwecken. Na, ich muß eben langsam klettern. Gute Nacht.«
Er bewegte sich auf die breite Treppe zu.
Thomas und Ted begaben sich auf die dunkle Straße hinaus.
Einen Augenblick herrschte Schweigen. Schließlich sagte Thomas unvermittelt: »Also gute Nacht.«
»Gute Nacht. Wir sehen uns ja morgen wieder.«
Ted lief leichtfüßig zur Fähre hinunter. Thomas schritt langsam in der entgegengesetzten Richtung davon.

20

»Ganz wie im Sommer«, murmelte Mary Aldin.

Sie saß mit Audrey am Strand, gerade unterhalb der eindrucksvollen Fassade des Hotels Easterhead. Audrey trug einen weißen Badeanzug und sah aus wie ein zierliches Elfenbeinfigürchen. Mary hatte nicht gebadet. Etwas entfernt von ihnen lag Kay bäuchlings im Sand und setzte ihre bronzefarbenen Glieder der Sonne aus; hinter ihr ruhte Ted Latimer.

»Puh!« Kay richtete sich auf. »Das Wasser ist schrecklich kalt«, bemerkte sie anklagend.

»Nun ja, wir haben ja auch schon September«, versetzte Mary.

»In England ist es immer kalt«, sagte Kay mißmutig.

»Gehen Sie überhaupt nicht ins Wasser, Mr. Latimer?« fragte Mary.

Kay lachte.

»Ted geht nie ins Wasser. Er sonnt sich nur wie eine Eidechse.«

Er sprang auf.

»Komm, laß uns ein bißchen laufen, Kay. Mir ist wirklich kalt.«

Gemeinsam gingen sie den Strand hinunter.

»Wie eine Eidechse? Ein wenig passender Vergleich«, sagte Mary, die den beiden nachblickte.

»Findest du?« fragte Audrey.

Mary runzelte die Brauen.

»Eine Eidechse ist doch ein zahmes Tier. Er ist nicht zahm.«

»Nein«, erwiderte Audrey nachdenklich. »Zahm ist er wirklich nicht.«

»Wie hübsch die beiden zusammen aussehen. Sie passen gut zueinander, nicht wahr?«

»Ich nehm's an.«

»Sie haben die gleichen Interessen«, fuhr Mary fort. »Sie sind immer einer Meinung und ... Was für ein Jammer ist es doch ...« Sie hielt inne.

»Nun?« fiel Audrey scharf ein.
Mary antwortete langsam: »Ich glaube, ich wollte wahrhaftig sagen, es sei schade, daß Nevile und Kay sich begegnet sind.«
Audrey saß steif aufgerichtet da. Ihr Gesicht hatte etwas Starres.
Mary sagte rasch: »Entschuldige, Audrey. Das hätte ich mir verkneifen sollen.«
»Ich würde lieber nicht darüber reden, wenn es dir recht ist.«
»Natürlich, natürlich. Das war sehr einfältig von mir. Ich dachte halt, du hättest es überwunden.«
Audrey drehte langsam den Kopf herum. Mit ruhiger, ausdrucksloser Miene sagte sie:
»Ich versichere dir, daß ich nichts zu überwinden habe. Ich ... ich fühle in dieser Beziehung überhaupt nichts. Ich ... ich hoffe von ganzem Herzen, daß Kay und Nevile immer glücklich sein werden.«
»Das ist sehr anständig von dir, Audrey.«
»Mit Anstand hat das nichts zu tun. Es ist ganz einfach töricht, in der Vergangenheit zu leben. Man muß sich mit der Gegenwart beschäftigen.«
»Weißt du, ich glaube, daß Menschen wie Kay und Ted für mich etwas Aufregendes haben, weil sie so ganz anders sind als alle die Leute, die mir sonst über den Weg laufen.«
»Möglich.«
»Sogar du hast gelebt«, fuhr Mary mit plötzlicher Bitterkeit fort, »und hast Erfahrungen gesammelt, die mir nicht beschieden sind. Ich weiß, daß du unglücklich warst, sehr unglücklich, aber ich kann mir nicht helfen ... das ist immer noch besser als ... gar nichts. Leere!«
In Audreys großen Augen lag erschrockenes Staunen.
»Ich hatte keine Ahnung, daß du so empfindest.«
»Nein?« Mary lachte, wie um Entschuldigung bittend. »Ach, das war auch nur eine vorübergehende Anwandlung. Es ist mir nicht Ernst damit.«
»Für dich ist das Leben ja auch wirklich nicht sehr fröhlich«, meinte Audrey nachdenklich. »Immer die gleichen Alltagspflichten ... niemals fortkönnen ...«

»Ich habe mein Auskommen«, erklärte Mary. »Tausende von Frauen haben nicht einmal das. Und wirklich, Audrey, ich bin ganz zufrieden.«
Einen Augenblick spielte ein Lächeln um ihre Lippen.
»Ich habe meine privaten Zerstreuungen.«
»Geheime Laster?«
Audrey lächelte ebenfalls.
»Oh, ich hege allerlei Pläne«, erwiderte Mary unbestimmt, »Luftschlösser, verstehst du. Und ich liebe es, die Menschen auf die Probe zu stellen. Ich versuche, sie dahin zu bringen, auf meine Worte so zu reagieren, wie ich es wünsche.«
»Das klingt ja geradezu gefährlich, Mary! Wie wenig kenne ich dich im Grunde!«
»Oh, das ist alles ganz harmlos. Nur ein kindliches Vergnügen.«
Audrey erkundigte sich neugierig: »Hast du auch mit mir schon ... experimentiert?«
»Nein. Du bist der einzige Mensch, den ich für ganz und gar unberechenbar halte. Ich weiß nie, was du eigentlich denkst.«
»Vielleicht ist das ganz gut so«, gab Audrey ernst zurück.
Sie schauderte, und Mary rief: »Oh, du frierst!«
»Ja. Ich werde hineingehen und mich anziehen. Schließlich haben wir wirklich schon September.«
Mary blieb allein zurück und blickte auf das spiegelnde Wasser. Es herrschte Ebbe. Sie streckte sich auf dem Sand aus und schloß die Augen.
Ihre Gedanken rissen jählings ab, als Ted Latimer sich unvermittelt neben ihr niederließ. Sie hatte ihn nicht kommen hören.
»Wo ist denn Kay geblieben?« fragte Mary.
Ted erwiderte kurz: »Ihr Herr und Gebieter hat Anspruch auf sie erhoben.«
Etwas in seinem Ton ließ Mary sich aufrichten. Sie schaute über den Strand und sah Nevile und Kay am Ufer dahinschlendern. Dann warf sie einen raschen Blick auf den Mann neben sich.

Sie hatte ihn für kalt und eigenartig, sogar für gefährlich gehalten. Jetzt erkannte sie zum ersten Mal, daß er jung und verletzlich war. Sie dachte: Er liebt Kay, liebt sie wirklich ... und Nevile hat sie ihm weggenommen ...
Sie sagte freundlich: »Ich hoffe, daß es Ihnen hier gefällt.«
Das waren konventionelle Worte. Mary sagte fast immer nur konventionelle Worte – das war nun mal ihre Art. Aber in ihrem Ton lag – zum ersten Mal – ein Freundschaftsangebot.
»Es gefällt mir hier nicht schlechter und nicht besser als anderswo«, versetzte er. »Im Grunde kümmert Sie das ja auch gar nicht. Ich bin ein Außenseiter, und was ein Außenseiter denkt und fühlt, das hat nicht viel zu bedeuten.«
Sie wandte den Kopf, um den erbitterten und gutaussehenden jungen Mann zu betrachten.
Trotzig, herausfordernd gab er ihren Blick zurück.
Langsam, als hätte sie eine Entdeckung gemacht, sagte sie: »Ich verstehe. Sie mögen uns nicht.«
»Haben Sie etwas anderes erwartet?«
Sie erwiderte nachdenklich: »Nein, ich glaube, ich habe nichts anderes erwartet. Allerdings haben wir Sie freundlich aufgenommen – als Kays Freund.«
»Ja – als Kays Freund!«
Mary sagte mit entwaffnender Offenheit: »Ich wünschte, Sie würden mir verraten, warum Sie uns nicht mögen. Was haben wir getan? Was mißfällt Ihnen an uns?«
Ted Latimer sagte nur ein Wort: »Arroganz.«
»Unsere Arroganz?« wiederholte Mary sachlich. »Ja«, gab sie dann zu, »ich muß gestehen, daß wir arrogant wirken können.«
»Sie *sind* auch so. Sie nehmen alle guten Dinge des Lebens als selbstverständlich hin – Sie alle. Sie sondern sich ab und blicken auf Leute wie mich mit Verachtung herab.«
»Das stimmt nicht ganz«, entgegnete sie. »Wir sind vielleicht etwas einfältig, und es fehlt uns an Phantasie, aber wir sind nicht bösartig. Ich selber wirke wohl ziemlich konventionell, und deshalb halten Sie mich wahrscheinlich für überheblich, aber auch ich bin durchaus nur ein Mensch. So tut es mir

zum Beispiel sehr leid, daß Sie unglücklich sind, und ich wünschte, ich könnte Ihnen helfen.«
»Oh, wenn das wahr ist ... na, das ist sehr nett von Ihnen.«
Es entstand eine Pause.
Dann fragte Mary sanft: »Waren Sie schon immer in Kay verliebt?«
»O ja.«
»Und sie?«
»Ich dachte, sie auch ... bis Strange auftauchte.«
»Und Sie lieben sie noch immer?« Auch das kam ganz sanft.
»Ich denke, das merkt man.«
Nach ein paar Augenblicken meinte Mary ruhig: »Sollten Sie nicht besser abreisen?«
»Warum denn?«
»Weil Sie sich sonst nur noch unglücklicher machen.«
»Sie sind ein nettes Geschöpf. Aber Sie wissen nicht viel von den Menschenwesen, die außerhalb Ihres engen Horizonts leben. In der nächsten Zukunft kann viel geschehen.«
»Was zum Beispiel?« fragte Mary scharf.
»Warten Sie ab, dann werden Sie's sehen.«

Nachdem Audrey sich angezogen hatte, schlenderte sie am Strand entlang und dann über eine felsige Landspitze, wo sie auf Thomas Royde stieß, der gerade gegenüber dem »Mövennest« am Ufer saß und seine Pfeife rauchte.
Thomas wandte den Kopf, als Audrey sich näherte, aber er rührte sich nicht. Wortlos ließ sie sich neben ihm nieder. Zwischen ihnen herrschte jenes Schweigen, das Menschen wahren können, die sich sehr gut kennen.
»Wie nah das Haus aussieht«, unterbrach Audrey schließlich die Stille.
Thomas blickte zum »Mövennest« hinüber.
»Ja, wir könnten heimschwimmen.«
»Nicht jetzt beim Gezeitenwechsel. Tante Camilla hatte mal ein Mädchen, das eine leidenschaftliche Schwimmerin war und immer den Fluß überquerte. Man darf nur bei Ebbe oder bei Flut hinüberschwimmen, aber nie, wenn die Gezeiten

wechseln, weil das Wasser einen dann einfach mitreißt. Das hat das Mädchen einmal getan, aber zum Glück konnte es sich noch retten – allerdings war es vollkommen erschöpft, als es schließlich bei Easter Point an Land kam.«
»Hier sieht das Wasser aber gar nicht so gefährlich aus.«
»Auf dieser Seite ist es auch nicht so schlimm. Die Strömung ist drüben, denn bei den Klippen dort geht es tief hinab. Voriges Jahr hat dort ein Mann Selbstmord verüben wollen. Er sprang von der Klippe, die Stark Head heißt, aber er verfing sich auf halbem Weg in einem Baum, und die Küstenwächter retteten ihn.«
»Der arme Kerl«, murmelte Thomas. »Sicher wußte er seinen Rettern keinen Dank. Muß unangenehm sein, wenn man sich entschlossen hat, allem ein Ende zu machen, und dann gerettet wird. Da kommt man sich dann wohl sehr einfältig vor.«
»Vielleicht ist er jetzt froh darüber«, sagte Audrey träumerisch. Sie fragte sich, wer der Mann sein mochte und was er augenblicklich wohl trieb.
Thomas betrachtete Audrey von der Seite, während er heftig an seiner Pfeife zog. Er bemerkte den geistesabwesenden Ausdruck ihres Gesichts, sah die langen braunen Wimpern, das kleine, muschelförmige Ohr. Das erinnerte ihn an etwas.
»Ach, übrigens habe ich deinen Ohrring, den du gestern abend verloren hast.«
Er kramte in der Hosentasche.
Audrey streckte die Hand aus.
»Oh, das ist fein. Wo hast du ihn gefunden? Auf der Terrasse?«
»Nein. Bei der Treppe. Du mußt ihn verloren haben, als du zum Essen hinunterkamst. Es fiel mir auf, daß du ihn bei Tisch nicht trugst.«
Sie nahm das Schmuckstück entgegen.
»Ich bin froh, daß ich ihn wiederhabe.«
Thomas fand, daß der Ohrring eigentlich zu groß war für ihr kleines Ohr. Auch das Paar, das sie heute trug, war ziemlich auffällig.

»Du hast sogar beim Baden Ohrringe an?« bemerkte er. »Fürchtest du nicht, sie zu verlieren?«
»Oh, das sind ganz billige Dinger. Ich bin nicht gern ohne Ohrringe – wegen der Narbe hier.«
Sie berührte ihr linkes Ohr.
Thomas erinnerte sich.
»Da hat dich Bouncer gebissen, nicht wahr?«
Audrey nickte.
Beide dachten an das Ereignis zurück. Audrey Standish, ein langbeiniges, mageres Kind, beugte ihr Gesichtchen zu Bouncer hinab, der gerade sehr schlechte Laune hatte. Der Hund biß zu, und die Wunde hatte damals genäht werden müssen.
»Aber die Narbe fällt kaum auf«, meinte Thomas. »Warum kümmerst du dich überhaupt darum?«
»Ich mag nun einmal keine Verunstaltung.«
Er lächelte. Das paßte zu Audreys Sinn für Vollkommenheit.
Er sagte unvermittelt: »Du bist viel schöner als Kay.«
Sie wandte rasch den Kopf.
»O nein, Thomas, Kay ist viel, viel schöner.«
»Nur äußerlich.«
»Spielst du auf meine schöne Seele an?« fragte Audrey belustigt.
Thomas klopfte seine Pfeife aus.
»Nein, ich meine deinen Knochenbau.«
Audrey lachte.
Wieder schwiegen beide eine Weile. Thomas betrachtete Audrey von Zeit zu Zeit.
Endlich fragte er ruhig: »Was ist los mit dir, Audrey?«
»Aber was soll denn los sein mit mir? Gar nichts ist los.«
»Doch.«
Sie schüttelte den Kopf.
»Willst du es mir nicht verraten?«
»Es gibt gar nichts zu verraten.«
»Ich bin ein Tolpatsch, ich weiß . . . aber . . . aber kannst du das alles nicht vergessen, Audrey? Kannst du es dir nicht aus dem Sinn schlagen?«

Ihre kleinen Hände krampften sich um den Felsen.
»Du verstehst das nicht ... es ist ganz unmöglich für dich, es zu verstehen.«
»Aber Audrey, das ist es ja gerade. Ich weiß Bescheid.«
Zweifelnd blickte sie ihn an.
»Ich weiß ganz genau, was du durchgemacht hast. Und ... und was es für dich bedeutet hat.«
Sie war jetzt sehr blaß, blaß bis in die Lippen.
»Ach so«, sagte sie. »Ich habe nicht geahnt, daß es jemand weiß.«
»Ich werde auch nicht darüber reden. Ich möchte dir nur klarmachen, daß du darüber hinwegkommen mußt. Es ist vorbei.«
Sehr leise erwiderte sie: »Es gibt Dinge, die sind nie vorbei.«
»Schau, Audrey, es hat keinen Zweck, über die Vergangenheit zu brüten. Zugegeben, du bist durch eine Hölle gegangen. Aber es ist sinnlos, das im Geiste immer wieder zu erleben. Sieh in die Zukunft – nicht zurück. Du bist jung. Du hast dein Leben noch vor dir. Denk an morgen, nicht an gestern.«
»Und wenn ich das nicht kann?«
»Du mußt.«
Eine Weile schwiegen sie, dann sagte er: »Ich denke oft an dich, wie du als junges Mädchen warst ... bevor du Nevile heiratetest. Warum hast du ihn eigentlich geheiratet?«
Audrey lächelte.
»Weil ich mich in ihn verliebt habe.«
»Ja, ja, ich weiß. Aber weshalb hast du dich in ihn verliebt? Was zog dich zu ihm?«
Sie blinzelte durch die Wimpern, als versuchte sie, mit anderen Augen zu sehen, mit den Augen eines jungen Mädchens.
»Ich glaube, weil er so ›positiv‹ war. Er war so ganz das Gegenteil von mir. Ich fühlte mich immer wie ein Schatten ... nicht ganz wirklich. Nevile war wirklich. So glücklich und so selbstsicher und so ... alles, was ich selber nicht war.« Mit einem Lächeln fügte sie hinzu: »Und er sah so gut aus.«
Thomas entgegnete mit Erbitterung: »Ja, der ideale Englän-

der – sportlich, bescheiden, blendend aussehend, immer der Überlegene, dem alles in den Schoß fällt, was er sich wünscht.«
Audrey richtete sich auf und starrte ihn an
»Du haßt ihn«, sagte sie. »Du haßt ihn sehr, nicht wahr?«
Er wich ihrem Blick aus.
»Wäre wohl nicht verwunderlich, wenn dem so wäre, was?« murmelte er undeutlich. »Er hat alles, was ich nicht habe. Er kann Sport treiben und schwimmen und tanzen und reden. Und ich bin ein zungengelähmter Einfaltspinsel mit einem verkrüppelten Arm. Er hat immer geglänzt, hat Erfolg gehabt, und ich stand stets abseits. Und er heiratete das einzige Mädchen, aus dem ich mir etwas machte.«
Sie ließ einen leisen Ausruf hören.
Heftig fuhr er fort: »Das hast du von jeher gewußt! Du wußtest, daß ich dich seit deinem fünfzehnten Jahr lieb hatte. Du weißt, daß ich dich noch immer . . .«
Sie fiel ein: »Nein, jetzt nicht mehr.«
»Wieso – jetzt nicht mehr?«
Audrey stand auf.
Mit ruhiger Stimme sagte sie: »Weil ich jetzt eine andere bin.«
»In welcher Beziehung?«
Auch er hatte sich erhoben und stand ihr gegenüber.
»Wenn du es nicht weißt . . . ich kann es dir nicht sagen. Ich bin mir meiner selbst nicht mehr sicher. Ich weiß nur . . .«
Sie brach ab, drehte sich unvermittelt um und schritt rasch davon.
Als sie bei der Klippe um die Ecke bog, stieß sie auf Nevile, der bäuchlings dalag und in eine Felsenspalte spähte. Er blickte auf und lächelte.
»Tag, Audrey.«
»Tag, Nevile.«
»Ich beobachte gerade eine Krabbe. Ein temperamentvolles Kerlchen. Ha, schau.«
Sie kniete nieder und schaute, wohin sein Finger wies.
»Siehst du die Krabbe?«

»Ja.«
»Magst du eine Zigarette?«
Sie nahm die Zigarette, und er reichte ihr Feuer. Nach einer kleinen Pause, während der sie ihn nicht ansah, begann er unruhig: »Sag mal, Audrey, es ist doch alles in Ordnung. Ich meine – zwischen uns?«
»Ja. Ja, natürlich.«
»Ich meine – wir sind Freunde . . .«
»O ja . . . ja, natürlich.«
»Ich möchte, daß wir Freunde sind.«
Er betrachtete sie gespannt. Sie lächelte ihn unsicher an.
Beiläufig bemerkte er: »Ein schöner Tag, nicht wahr?«
»O ja . . . ja.«
»Ziemlich heiß für September.«
Wieder entstand eine Pause.
»Audrey . . .«
Sie erhob sich.
»Deine Frau verlangt nach dir, sie winkt.«
»Wer . . . oh, Kay.«
»Ich sagte, deine Frau.«
Er sprang auf die Füße und blickte Audrey an, die vor ihm stand.
»Du warst meine Frau, Audrey . . .«
Sie wandte sich ab.
Nevile lief zum Strand hinunter, um sich zu Kay zu gesellen.

21

Als sie das »Möwennest« betraten, kam Hurstall ihnen schon entgegen und sagte zu Mary:
»Würden Sie bitte zu Lady Tressilian hinaufgehen, Miss Aldin? Sie ist sehr aufgeregt und möchte Sie sofort sprechen.«
Mary eilte hinauf.

Lady Tressilian sah blaß und erregt aus.
»Ach, Mary, ich bin so froh, daß du kommst. Ich bin ganz erschüttert. Der alte Mr. Treves ist tot!«
»Tot?«
»Ja, ist das nicht schrecklich? So plötzlich. Anscheinend hat er sich gestern abend nicht einmal ausgezogen. Er muß gleich nach seiner Heimkehr zusammengebrochen sein.«
»Oh, das tut mir aber leid . . .«
»Man wußte ja, daß er nicht gesund war. Herzleidend. Hoffentlich hat er sich nicht bei uns überanstrengt? Oder gab es zum Abendessen etwas Schwerverdauliches?«
»Das glaube ich nicht . . . nein, ich bin ganz sicher. Er schien recht guter Laune.«
»Ich bin wirklich erschüttert. Geh doch bitte zum Balmoral hinüber, Mary, und erkundige dich bei Mrs. Rogers nach Einzelheiten. Frag sie, ob wir irgend etwas tun können. Auch wegen der Beerdigung. Um Matthews willen möchte ich, daß wir alles tun, was in unseren Kräften steht. Solche Dinge sind so unangenehm für ein Hotel.«
»Tante Camilla, du darfst dich nicht derart aufregen«, sagte Mary bestimmt. »Ich gehe sofort hinüber und berichte dir dann.«
»Danke vielmals. Ach, Mary, du bist immer so praktisch und verständnisvoll.«
»Bitte, ruhe jetzt etwas. Ein solcher Schock ist gar nicht gut für dich.«
Mary verließ den Raum und ging hinunter.
Beim Betreten des Wohnzimmers sagte sie: »Der alte Mr. Treves ist tot! Er ist vorige Nacht gestorben.«
»Der Arme«, sagte Nevile. »Woran denn?«
»Offenbar an einem Schlag. Gleich nach der Heimkehr ist er zusammengebrochen.«
Thomas bemerkte nachdenklich: »Ich möchte wissen, ob ihm das Treppensteigen nicht bekommen ist?«
»Das Treppensteigen?«
Mary blickte ihn fragend an.

»Als Latimer und ich uns von ihm trennten, wollte er gerade hinaufgehen. Wir rieten ihm noch, sich Zeit zu lassen.«
»Aber wie leichtsinnig von ihm, nicht den Lift zu benutzen!« rief Mary.
»Der Lift war außer Betrieb.«
»Ach so. Was für ein Pech! Der arme alte Mann!« Mary seufzte. »Ich geh jetzt rasch hinüber, Tante Camilla bat mich darum. Ich soll sehen, ob wir irgendwie helfen können.«
»Ich komme mit«, erbot sich Thomas.
Gemeinsam machten sie sich auf den Weg.
»Ob er wohl Verwandte hat, die benachrichtigt werden müßten?« überlegte Mary.
»Erwähnt hat er niemanden.«
»Nein, und das tut man doch gewöhnlich. Man spricht ganz beiläufig von einer Nichte oder einem Vetter.«
»War er verheiratet?«
»Ich glaube nicht.«
Durch die offene Tür betraten sie das Hotel. Mrs. Rogers, die Besitzerin, sprach gerade mit einem Mann mittleren Alters, der Mary begrüßte.
»Guten Tag, Miss Aldin.«
»Guten Tag, Doktor. Darf ich Sie mit Mr. Royde bekannt machen ... Dr. Lazenby. Lady Tressilian schickt uns, um fragen zu lassen, ob wir irgendwie behilflich sein können.«
»Das ist sehr freundlich von Ihnen, Miss Aldin«, sagte die Hotelbesitzerin. »Kommen Sie doch bitte in mein Zimmer, ja?«
Als sie alle in dem behaglich ausgestatteten Wohnraum saßen, begann Dr. Lazenby: »Mr. Treves hat gestern abend bei Ihnen gegessen, nicht wahr?«
»Ja.«
»Fiel Ihnen da irgend etwas an ihm auf? Ließen Anzeichen darauf schließen, daß er sich nicht wohl fühlte?«
»Nein, er machte einen durchaus normalen Eindruck und schien recht guter Stimmung zu sein.«
Der Arzt nickte.
»Ja, so geht es meist bei diesen Herzkranken. Das Ende

kommt ganz plötzlich. Ich habe mir seine Medikamente angesehen, die mir alles verrieten. Natürlich werde ich mich noch mit dem Londoner Kollegen in Verbindung setzen.«
»Er achtete sehr auf seine Gesundheit«, berichtete Mrs. Rogers. »Und wir ließen ihm alle Pflege angedeihen . . .«
»Gewiß, gewiß, Mrs. Rogers. Es ist allgemein bekannt, daß man bei Ihnen gut aufgehoben ist. Er muß sich irgendwie überanstrengt haben . . . vielleicht nicht genug geschlafen.«
»Könnte ein einmaliges Treppensteigen in solch einem Falle den Tod herbeiführen?« erkundigte sich Mary.
»Bestimmt. Wenn er die drei Treppen hier im Hotel hinaufgestiegen wäre, hätte das seinen Tod bedeuten können. Aber das wird er wohl kaum getan haben.«
»Nein, er benutzte immer den Lift«, versicherte Mrs. Rogers.
»Aber gestern, als der Lift nicht in Betrieb war . . .«
Mrs. Rogers blickte Mary erstaunt an.
»Der Lift war gestern den ganzen Tag in Ordnung, Miss Aldin.«
Thomas hüstelte.
»Entschuldigen Sie. Ich brachte Mr. Treves gestern abend nach Hause. Da hing ein Schild am Lift, auf dem stand: ›Außer Betrieb‹.«
Mrs. Rogers erstarrte.
»Das ist aber wirklich sonderbar. Ich hätte doch etwas davon gehört, wenn der Lift nicht in Ordnung gewesen wäre. Seit . . . warten Sie . . . seit genau anderthalb Jahren hat der Lift nicht mehr gestreikt.«
»Vielleicht hat einer der Angestellten das Schild angebracht, als seine Arbeitszeit um war?« meinte der Arzt.
»Es ist ein automatischer Lift, Doktor, der keine Bedienung erfordert.«
»Richtig, ja, das vergaß ich.«
»Ich werde mal mit Joe reden«, erklärte Mrs. Rogers und verließ rasch das Zimmer.
Man hörte sie draußen rufen: »Joe! Joe!«
Dr. Lazenby blickte Thomas forschend an.
»Sind Sie Ihrer Sache ganz sicher, Mr. Royde?«

»Völlig sicher«, erwiderte Thomas.
Mrs. Rogers kam mit dem Portier zurück. Joe bestätigte, daß der Lift am vergangenen Abend funktioniert hätte. Es gab ein solches Schild, wie Thomas es beschrieben hatte, aber es wurde unter dem Pult verwahrt und war über ein Jahr nicht mehr benutzt worden.
Alle sahen einander an und stimmten darin überein, daß die Sache wirklich irgendwie seltsam war. Der Arzt meinte, daß einer der Hotelgäste sich vermutlich einen Scherz erlaubt habe, und wohl oder übel beließ man es dabei.
Mary erfuhr von Dr. Lazenby, daß er von Treves' Chauffeur die Adresse vom Anwaltsbüro des Toten erhalten hatte, mit dem er sich in Verbindung setzen wollte. Später würde er zu Lady Tressilian hinüberkommen und ihr wegen der Beerdigung Bescheid sagen.
Dann eilte der vielbeschäftigte Arzt fort, und Mary ging mit Thomas langsam zum »Möwennest« zurück.

22

Man schrieb mittlerweile den zwölften September.
»Nur noch zwei Tage«, sagte Mary Aldin. Dann biß sie sich auf die Lippe und errötete.
Thomas Royde betrachtete sie nachdenklich.
»So fühlst du?«
»Ich weiß nicht, was mit mir los ist«, erwiderte Mary. »Nie in meinem Leben habe ich das Ende eines Besuchs so sehr herbeigesehnt. Gewöhnlich hatten wir immer eine fröhliche Zeit, wenn Nevile da war. Und auch wenn Audrey kam.«
Thomas nickte.
»Aber diesmal«, fuhr Mary fort, »hat man das Gefühl, als säße man auf Dynamit ... Deshalb sagte ich als erstes heute morgen zu mir: ›Nur noch zwei Tage.‹ Audrey reist am Mittwoch, Nevile und Kay fahren am Donnerstag.«
»Und ich am Freitag.«

»Oh, dich zähle ich nicht dazu. Du warst ein Turm in der Brandung; ich weiß gar nicht, was ich ohne dich angefangen hätte.«
Thomas sah erfreut, wenn auch etwas verwirrt drein.
»Eigentlich weiß ich gar nicht, warum wir alle so ... so nervös waren«, sagte Mary. »Wenn es zu einer Szene gekommen wäre ... nun ja, das wäre peinlich gewesen, aber lieber Gott, eine Katastrophe könnte man das auch nicht nennen.«
»Man hat es eben doch noch anders empfunden.«
»Ja. Die Spannung war einfach unerträglich. Heute früh hat das Küchenmädchen gekündigt – ohne jeden besonderen Grund. Die Köchin ist gereizt, Hurstall darf man nicht antippen, und sogar Barrett, die gewöhnlich die Ruhe selber ist, zeigt, daß sie Nerven hat. Und all das nur, weil Nevile den lächerlichen Einfall gehabt hat, seine frühere und seine jetzige Frau zu Freundinnen zu machen und sein eigenes Gewissen zu beruhigen.«
»Was ihm entschieden mißlungen ist«, flocht Thomas ein.
»Ja. Kay ist gar nicht mehr die alte. Und wirklich, Thomas, ich kann mir nicht helfen, ich fühle mit ihr.«
Mary machte eine Pause. Dann fragte sie:
»Hast du den Blick bemerkt, den Nevile Audrey nachschickte, als sie gestern abend die Treppe hinaufging? Er hat sie noch immer gern, Thomas. Das Ganze war ein höchst tragischer Irrtum.«
Thomas stopfte wieder einmal seine Pfeife.
»Das hätte er sich früher überlegen sollen«, sagte er mit rauher Stimme.
»Ja, das sagt man so leicht. Aber es ändert nichts an der Tatsache, daß das Ganze tragisch ist. Eigentlich tut mir auch Nevile leid.«
Thomas setzte zu einer längeren Rede an: »Menschen wie Nevile glauben, daß immer alles nach ihrem Kopf geht und daß sie alles haben können, was sie sich wünschen. Jetzt macht er einmal die gegenteilige Erfahrung. Audrey kann er nicht haben. Sie ist unerreichbar für ihn. Damit muß er sich abfinden.«

»Ich glaube, daß du recht hast. Aber es klingt so hart. Audrey liebte Nevile so sehr, als sie ihn heiratete ... sie kamen so gut miteinander aus.«

»Nun, jetzt liebt sie ihn jedenfalls nicht mehr.«

»Das frage ich mich ...«, murmelte Mary unhörbar.

Thomas fuhr fort: »Und ich will dir etwas sagen. Nevile sollte auf Kay aufpassen. Das ist eine gefährliche Frau, eine wirklich gefährliche Frau. Die schreckt vor nichts zurück, wenn es ihr um etwas geht.«

»Ach, du meine Güte«, seufzte Mary, doch dann sagte sie wieder hoffnungsvoll: »Na, es sind ja nur noch zwei Tage.«

Die letzten Tage waren nicht sehr angenehm gewesen. Lady Tressilians Gesundheitszustand ließ infolge des erlittenen Schocks zu wünschen übrig. Der alte Treves war in London beerdigt worden, wofür Mary dankbar war, weil sie auf diese Weise ihre Gedanken rascher als erwartet von dem traurigen Vorfall abwenden konnte. Mit den Angestellten hatte es Schwierigkeiten gegeben, und Mary war an diesem Vormittag müde und mutlos.

»Vielleicht ist es das Wetter«, sagte sie laut aus ihren Überlegungen heraus. »Das Wetter ist unnatürlich.«

Tatsächlich war es ungewöhnlich heiß für September.

Nevile, der aus dem Haus geschlendert kam, hatte die letzten Worte aufgeschnappt.

»Ja, ein merkwürdiges Wetter«, sagte er, den Blick zum Himmel hebend. »Es macht einen ganz schlapp. Kein Lüftchen regt sich. Aber ich glaube, daß es bald regnen wird.«

Thomas hatte sich diskret entfernt und verschwand jetzt um die Ecke des Hauses.

»Der schweigsame Thomas verzieht sich«, bemerkte Nevile. »Niemand könnte behaupten, daß er meine Gesellschaft schätzt.«

»Er ist ein lieber Mensch«, sagte Mary.

»Bedaure, da bin ich andrer Meinung. Ein engstirniger Mensch mit Vorurteilen.«

»Er hatte sich, glaube ich, immer Hoffnungen auf Audrey gemacht. Und dann hast du sie ihm weggenommen.«

»Er hätte sieben Jahre gebraucht, um sich zu einem Heiratsantrag aufzuraffen. Sollte die Ärmste warten, bis er sich endlich dazu entschloß?«
»Vielleicht kommt jetzt alles in Ordnung«, erwiderte Mary leichthin.
Nevile betrachtete sie mit hochgezogenen Brauen.
»Treue Liebe, die ihren Lohn findet? Audrey sollte diesen Fisch heiraten? Nein, das glaube ich nicht.«
»Und ich glaube, daß sie ihn wirklich gern hat.«
»Was für Kupplerinnen ihr Frauen doch seid! Willst du Audrey nicht ihre Freiheit genießen lassen?«
»Wenn sie sie genießt, gewiß.«
Nevile fragte rasch: »Du meinst, sie ist nicht glücklich?«
»Ich habe keine Ahnung.«
»Ich auch nicht«, antwortete er langsam. »Man weiß nie, was Audrey fühlt.«
Nachdenklich schwieg er, dann setzte er hinzu: »Aber Audrey ist durch und durch Klasse.« Und dann, mehr zu sich selbst als zu Mary: »Mein Gott, was für ein Narr ich war!«
Ein bißchen bekümmert ging Mary ins Haus. Zum dritten Mal sagte sie sich die tröstlichen Worte: ›Nur noch zwei Tage.‹
Nevile wanderte rastlos durch den Garten.
Ganz am Ende des Gartens fand er Audrey, die auf dem niedrigen Mäuerchen saß und aufs Wasser blickte. Es herrschte Flut, und der Fluß ging hoch.
Sie sprang sogleich hinunter und trat auf ihn zu.
»Ich wollte gerade ins Haus zurück. Es ist bald Zeit zum Tee.«
Sie sprach schnell und nervös, ohne ihn anzusehen.
Wortlos ging er neben ihr her. Erst als sie die Terrasse erreichten, fragte er: »Kann ich mit dir sprechen, Audrey?«
»Ich glaube, besser nicht.«
»Du weißt also, was ich sagen möchte.«
Sie schwieg.
»Sag, Audrey, können wir nicht wieder von vorn anfangen? Alles vergessen, was geschehen ist?«

»Auch Kay?«
»Kay wird vernünftig sein.«
»Wie meinst du das?«
»Ganz einfach. Ich werde ihr die Wahrheit sagen. Mich ihrer Großmut ausliefern. Werde ihr sagen, was wahr ist ... daß du die einzige Frau bist, die ich liebe.«
»Du liebtest Kay, als du sie heiratetest.«
»Meine Ehe mit Kay war der größte Fehler, den ich jemals begangen habe. Ich ...«
Er brach ab. Kay trat aus der Wohnzimmertür. Sie ging auf ihn zu, und vor dem sprühenden Zorn in ihren Augen schrak Nevile ein wenig zurück.
»Tut mir leid, diese rührende Szene zu unterbrechen«, sagte Kay. »Aber es scheint mir an der Zeit zu sein.«
Audrey wandte sich ab.
»Ich will euch allein lassen.«
Ihre Stimme und ihr Gesicht waren farblos.
»Daran tust du gut«, rief Kay ihr nach. »Du hast all das Unheil angerichtet, das du anrichten wolltest, nicht wahr? Mit dir rechne ich später ab. Jetzt kommst erst du an die Reihe, Nevile.«
»Hör mich an, Kay. Audrey hat mit der Sache überhaupt nichts zu tun. Sie hat keine Schuld. Tadle mich, wenn du willst ...«
»O ja!« Kays Augen blitzten. »Für was hältst du dich eigentlich?«
»Für einen armen Teufel«, erwiderte Nevile.
»In der einen Minute bist du verrückt nach mir, in der nächsten läßt du mich links liegen! Und jetzt willst du zu dieser niederträchtigen Katze zurück ...«
»Kein Wort mehr, Kay!«
»Also, was wünschst du?«
Nevile war sehr blaß. Er sagte:
»Du kannst mich beschimpfen, so viel und so wild du magst, Kay. Aber es hat keinen Zweck. Ich kann nicht mehr so weitermachen. Ich glaube wirklich ... ich muß Audrey im Grunde die ganze Zeit geliebt haben. Meine Liebe zu dir

war ... war eine Tollheit. Aber es hat keinen Sinn mehr, Kay, ich könnte dich nicht länger glücklich machen. Glaub mir, Kay, es ist besser, wenn wir auseinandergehen. Laß uns als gute Freunde scheiden. Sei großmütig.«
Mit scheinbar ruhiger Stimme fragte sie: »Und wie lauten deine genauen Vorschläge?«
Nevile sah sie nicht an.
»Du könntest wegen böswilligen Verlassens meinerseits die Scheidung einreichen.«
»Darauf wirst du noch einige Zeit warten müssen.«
»Ich will gern warten.«
»Und dann gedenkst du abermals um Audreys Hand anzuhalten?«
»Wenn sie mich will, ja.«
»Sie wird dich schon wollen! Und was soll aus mir werden?«
»Du wirst bestimmt einen besseren Mann finden als mich. Natürlich werde ich dafür sorgen, daß es dir an nichts fehlt ...«
»Hör mir zu, Nevile. Du kannst mir das nicht antun! Ich mag mich nicht scheiden lassen. Ich habe dich aus Liebe geheiratet. Ich weiß, seit wann du dich von mir abgewandt hast. Seit ich dir erzählte, daß ich dir nach Cannes ins Estoril gefolgt bin. Du wolltest das alles als Schicksal ansehen. Ich hab deine Eitelkeit verletzt, als ich dir verriet, daß ich Schicksal gespielt habe. Nun, ich schäme mich meiner Handlung nicht. Wir liebten uns, und ich lasse dich nicht zu der schlauen Katze zurück. Genau das wollte sie erreichen, aber es soll ihr nicht gelingen! Eher werde ich dich töten. Hörst du? Ich werde dich töten. Und auch sie werde ich töten. Beide sollt ihr tot sein. Und ich werde ...«
Nevile trat einen Schritt vor und packte sie am Arm.
»Halt den Mund, Kay. Um Himmels willen, du kannst doch hier nicht eine solche Szene machen.«
»So, meinst du? Das wirst du schon sehen. Ich werde ...«
Hurstall kam auf die Terrasse heraus. Sein Gesicht war unbewegt.
»Der Tee ist serviert«, verkündete er.

Kay und Nevile gingen langsam zur Wohnzimmertür. Hurstall trat beiseite, um sie vorbeizulassen.

23

Um Viertel vor sieben begann es zu regnen.
Nevile beobachtete die ersten Regentropfen vom Fenster seines Schlafzimmers aus.
Er hatte mit Kay nicht mehr gesprochen. Nach dem Tee waren sie einander aus dem Weg gegangen.
Das Abendessen gestaltete sich nicht besonders erquicklich. Nevile wirkte geistesabwesend; Kays Gesicht zeigte ein für sie ungewöhnlich starkes Make-up; Audrey saß da wie ein erstarrtes Gespenst.
Mary tat ihr Bestes, um ein Gespräch in Gang zu bringen, und sie ärgerte sich ein wenig, weil Thomas ihr überhaupt nicht beistand.
Als das Mahl sich seinem Ende näherte, sagte Nevile mit betonter Gleichgültigkeit:
»Ich glaube, ich geh nachher mal zum Easterhead hinüber und schaue nach Latimer. Wir könnten etwas Billard spielen.«
»Nimm den Hausschlüssel mit«, mahnte Mary. »Falls du spät heimkommst.«
»Danke, das werde ich tun.«
Sie begaben sich ins Wohnzimmer.
Kay, die seit dem Essen unaufhörlich gähnte, erklärte schon ziemlich bald, sie wolle zu Bett gehen. Sie habe Kopfschmerzen, sagte sie.
»Hast du Aspirin?« fragte Mary.
»Ja, danke.«
Kay verließ das Zimmer.
Nevile drehte am Radio, bis er ein Musikprogramm erwischt hatte. Eine Zeitlang saß er still auf dem Sofa. Kein einziges Mal blickte er Audrey an; er sah aus wie ein unglücklicher

kleiner Junge. Gegen ihren Willen empfand Mary Mitleid mit ihm.
»Also«, sagte er schließlich und erhob sich. »Dann werde ich jetzt mal hinüberpilgern.«
»Nimmst du deinen Wagen oder die Fähre?«
»Die Fähre. Es hat keinen Sinn, die fünfundzwanzig Kilometer herumzufahren. Es tut mir ganz gut, ein bißchen zu laufen.«
»Es regnet aber.«
»Ich weiß. Mein Mantel ist wasserdicht.«
Er ging zur Tür. »Gute Nacht.«
In der Halle kam ihm Hurstall entgegen.
»Würden Sie wohl so gut sein und zu Lady Tressilian hinaufgehen, Mr. Strange? Sie möchte gern mit Ihnen sprechen.«
Nevile schaute auf die Uhr. Es war schon zehn.
Er zuckte die Schultern und ging hinauf. Während er nach dem Anklopfen auf die Aufforderung zum Eintreten wartete, hörte er die Stimmen der andern in der Halle unten. Offenbar gingen alle zeitig schlafen.
»Herein«, ertönte Lady Tressilians helle Stimme.
Nevile trat ein und schloß die Tür hinter sich.
Lady Tressilian hatte sich bereits für die Nachtruhe vorbereitet. Alle Lichter waren ausgeschaltet außer der Leselampe am Bett. Sie hatte gelesen, doch legte sie jetzt das Buch fort. Über den Brillenrand hinweg blickte sie Nevile an.
»Ich möchte mit dir sprechen, Nevile«, sagte sie.
Nevile lächelte.
»Zu Befehl, Majestät.«
Lady Tressilian lächelte nicht.
»Es gibt gewisse Dinge, Nevile, die ich in meinem Hause nicht dulde. Ich hege keineswegs den Wunsch, anderer Leute Gespräche mitanzuhören, aber wenn du mit deiner Frau gerade unter meinem Schlafzimmerfenster einen lauten Wortwechsel führst, so kann ich nicht umhin, euer Geschrei zu hören. Daher weiß ich, daß du dich mit der Absicht trägst, Kay zu verlassen und Audrey wieder zu heiraten. Das ist einfach unmöglich, Nevile, und ich will davon nichts wissen.«

Nevile schien nur mit Mühe die Selbstbeherrschung zu bewahren.

»Ich bitte um Entschuldigung wegen der Szene«, sagte er kurz angebunden. »Was das übrige betrifft, so ist es ganz entschieden meine eigene Angelegenheit.«

»O nein. Du hast meine Gastfreundschaft benutzt, um mit Audrey zusammenzutreffen, oder aber Audrey hat sie sich zunutze gemacht . . .«

»Sie hat nichts dergleichen getan. Sie . . .«

Lady Tressilian gebot ihm mit einer Handbewegung Schweigen.

»Jedenfalls kannst du das nicht tun, Nevile. Kay ist deine Frau. Sie hat bestimmte Rechte, die du ihr nicht nehmen darfst. In diesem Fall bin ich ganz auf Kays Seite. Wie du dich gebettet hast, so mußt du liegen. Du hast Kay gegenüber Pflichten, und ich erkläre dir ganz offen . . .«

Nevile trat einen Schritt vor. Er erhob die Stimme:

»Das geht dich überhaupt nichts an!«

Lady Tressilian beachtete seinen Einwurf nicht.

»Überdies wird Audrey morgen mein Haus verlassen . . .«

»Das kannst du nicht tun! Ich will es nicht!«

»Schrei mich nicht an, Nevile!«

»Ich sage dir, ich will es nicht!«

Irgendwo auf dem Korridor wurde eine Tür geschlossen.

24

Alice Bentham, das Hausmädchen, kam ziemlich aufgeregt zu Mrs. Spicer, der Köchin.

»Ach, Mrs. Spicer, ich weiß nicht recht, was ich tun soll!«

»Was ist denn los, Alice?«

»Es ist wegen Miss Barrett. Vor einer Stunde brachte ich ihr ihren Tee. Da schlief sie fest und wachte nicht auf, aber ich wollte auch nicht allzu laut sein. Und dann ging ich vor zehn Minuten wieder zu ihr, weil sie nicht heruntergekommen war, und sie hätte doch Lady Tressilian ihren Tee bringen sollen. Deshalb ging ich also zu ihr, und sie schläft noch immer ... sie läßt sich einfach nicht wecken.«

»Haben Sie sie geschüttelt?«

»Ja, Mrs. Spicer. Ich schüttelte sie tüchtig, aber sie rührte sich nicht, und sie hat so eine sonderbare Farbe.«

»Meine Güte, sie ist doch nicht etwa tot?«

»O nein, man hört sie atmen, aber sie atmet so merkwürdig. Ich glaube, sie ist krank.«

»Na, ich werde hinaufgehen und selber nachsehen. Bringen Sie Lady Tressilian den Tee. Aber machen Sie lieber frischen. Sie wird außerdem wissen wollen, was los ist.«

Alice tat, wie ihr geheißen, während Mrs. Spicer sich ins zweite Stockwerk hinaufbegab.

Alice trug das Tablett durch den Korridor und klopfte an Lady Tressilians Tür. Nachdem sie zweimal geklopft hatte, ohne eine Antwort zu erhalten, ging sie hinein. Einen Augenblick später klirrte Porzellan, wilde Schreie ertönten, und Alice stürzte aus dem Zimmer, rannte die Treppe hinunter, geradewegs auf Hurstall zu, der soeben die Halle durchquerte, um ins Wohnzimmer zu gehen.

»Oh, Hurstall ... ein Einbruch ... Lady Tressilian ist tot ... ermordet ... sie hat ein Loch im Kopf, und alles ist voller Blut ...«

25

Inspektor Battle genoß seine kurzen Ferien. Drei Tage blieben ihm noch, und er war etwas enttäuscht, als das Wetter umschlug und es zu regnen begann.

Er saß gerade mit seinem Neffen, Sergeant James Leach, beim Frühstück, als das Telefon klingelte.

»Ich komme sofort«, sagte Jim und legte den Hörer auf.

»Etwas Ernstes?« fragte Battle, als er den Gesichtsausdruck seines Neffen bemerkte.

»Ein Mordfall. Lady Tressilian, eine alte Dame, die gelähmt ist und die hier jedermann kennt. Ihr gehört das Haus in Saltcreek, das auf der Klippe steht.«
Battle nickte.
»Ich gehe jetzt mit dem Alten hin.« (So respektlos redete Jim von seinem Chef, dem Polizeidirektor.) »Er war mit ihr befreundet.«
Während Jim zur Tür ging, sagte er bittend: »Wirst du mir bei der Sache zur Hand gehen, Onkel? Es ist das erste Mal, daß wir hier einen solchen Fall haben.«
»Solange ich hier bin, gern. Einbruch und Raubmord, nehme ich an?«
»Ich weiß noch nichts Näheres.«

Eine halbe Stunde später sprach Major Robert Mitchell, der Polizeidirektor, mit Onkel und Neffe.
»Viel läßt sich noch nicht feststellen«, sagte er, »doch ein Punkt scheint mir sicher zu sein. Der Mord ist von keinem Außenstehenden verübt worden. Nichts wurde gestohlen, kein Zeichen eines Einbruchs. Fenster und Türen waren heute morgen geschlossen.«
Er blickte Battle an.
»Glauben Sie, daß man Ihnen den Fall übertragen würde, wenn ich bei Scotland Yard anfrage? Das heißt, wenn Sie bereit wären, ihn zu übernehmen? Es würde allerdings das Ende Ihrer Ferien bedeuten.«
»Ich bin bereit«, sagte Battle. »Sie halten es wohl für einen ernsten Fall?«
Mitchell antwortete nachdrücklich: »Es ist einer jener Fälle, bei denen wir keinen Fehler machen dürfen. Der Täter muß unbedingt gefaßt werden – der wahre Täter.«
Er griff zum Telefon.
»Verbinden Sie mich mit Scotland Yard.«
Battle nickte still vor sich hin und dachte: Anscheinend hat er jemanden im Verdacht. Und die Sache paßt ihm nicht. Ich möchte wetten, daß es eine bekannte und beliebte Persönlichkeit ist ...

Battle und Leach standen in der Tür des schön ausgestatteten Schlafzimmers. Ein Polizeibeamter untersuchte den Griff eines Golfschlägers – eines sehr schweren Schlägers – auf Fingerabdrücke. Das Ende des Stocks war blutbefleckt, und es klebten einige weiße Haare daran.

Dr. Lazenby, der Polizeiarzt des Bezirks war, beugte sich über die tote Lady Tressilian.

Mit einem Seufzer richtete er sich auf.

»Ganz klarer Fall. Sie wurde mit großer Kraft von vorn erschlagen. Gleich der erste Schlag war tödlich, aber der Mörder schlug zur Sicherheit noch einmal zu.«

»Wann ist der Tod eingetreten?« fragte Leach.

»Ich würde annehmen, zwischen zehn und zwölf Uhr nachts.«

»Sie können den Zeitpunkt nicht genauer bestimmen?«

»Kaum. Dabei sind alle möglichen Faktoren in Betracht zu ziehen. Heutzutage läßt man die Totenstarre nicht mehr als Indiz gelten. Nicht früher als zehn, nicht später als Mitternacht.«

»Und sie wurde mit diesem Golfschläger umgebracht?«

Der Arzt warf einen Blick auf den Stock.

»Vermutlich. Ein Glück, daß der Mörder ihn zurückgelassen hat. Aus der Wunde hätte ich nicht ersehen können, daß ein Golfschläger als Mordinstrument gedient hat. Die scharfe Kante hat den Kopf nicht berührt – es muß die stumpf-gebogene Rückseite gewesen sein.«

»Wäre ein solcher Schlag nicht schwer zu führen?« forschte Leach.

»Wenn er absichtlich geführt würde, ja«, stimmte der Arzt zu. »Ich kann nur annehmen, daß es sich durch irgendeinen sonderbaren Zufall so zugetragen hat.«

Leach hob die Hände und versuchte im Geiste, den Schlag zu führen.

»Schwierig«, erklärte er.

»Ja«, sagte Dr. Lazenby nachdenklich, »das Ganze war schwierig. Die Tote wurde an der rechten Schläfe getroffen, wie Sie sehen, aber der Täter muß auf der rechten Seite des

Bettes gestanden haben, denn links ist nicht genügend Platz.«
Leach spitzte die Ohren.
»Ein Linkshänder also?«
»Das läßt sich nicht mit Gewißheit sagen«, versetzte der Arzt. »Er könnte Linkshänder gewesen sein – das wäre die leichteste Erklärung. Aber es gäbe noch andere Möglichkeiten. So kann man beispielsweise annehmen, daß die alte Dame den Kopf gerade etwas nach links wandte, als der Mörder zuschlug. Oder aber er hat das Bett zur Seite geschoben, hat links gestanden und das Bett nachher wieder an seinen Platz gerückt.«
»Die letzte Erklärung klingt nicht sehr einleuchtend.«
»Gewiß, aber es könnte so gewesen sein. Andererseits ist es gefährlich, sich auf einen Linkshänder festzulegen.«
Sergeant Jones, der den Golfschläger untersuchte, bemerkte: »Dieser hier gehört einem Rechtshänder.«
Leach nickte.
»Vielleicht gehört er aber dem Mörder gar nicht. Oder kann es sich auch um eine Mörderin handeln, Doktor?«
»Allerdings. Wenn der schwere Golfschläger da als Waffe benutzt wurde, hätte auch eine Frau den mörderischen Streich führen können.«
Inspektor Battle fragte mit seiner ruhigen Stimme: »Aber Sie können nicht schwören, daß der Golfschläger die Waffe war, nicht wahr, Doktor?«
»Nein, ich kann nur sagen, daß er die Waffe gewesen sein könnte. Selbstverständlich werde ich untersuchen, ob das Blut daran zur selben Blutgruppe wie das der Toten gehört – auch die Haare werde ich natürlich untersuchen.«
»War Lady Tressilian wach, oder schlief sie, als sie getötet wurde?« fragte Leach.
»Meiner Meinung nach war sie wach. Ihr Gesichtsausdruck zeigt Erstaunen. Ich würde annehmen, daß sie ihr Schicksal keineswegs erwartete. Entweder war sie gerade aus dem Schlaf erwacht und hatte ihre Sinne noch nicht ganz beisammen, oder sie betrachtete ihren Mörder als

einen Menschen, von dem sie nichts Böses zu gewärtigen hätte.«

»Die Nachttischlampe brannte als einzige«, sagte Leach nachdenklich.

Jones hatte seine Untersuchung beendet. Er lächelte zufrieden. »Sehr gute Fingerabdrücke«, berichtete er. »Ganz klar zu erkennen!«

Leach stieß einen Seufzer aus.

»Das erleichtert die Sache.«

»Ein höflicher Bursche«, sagte Dr. Lazenby. »Läßt die Waffe zurück, hinterläßt seine Fingerabdrücke – vielleicht hat er auch noch seine Visitenkarte zurückgelassen!«

»Mag sein, daß er den Kopf verloren hat«, erklärte Inspektor Battle. »Das ist bei vielen Mördern der Fall.«

Der Arzt nickte.

»O gewiß. Na, ich muß jetzt gehen und mich um meine Patientin kümmern.«

»Was für eine Patientin?«

Battle zeigte sich sehr interessiert.

»Der Diener schickte schon nach mir, bevor der Mord entdeckt wurde. Lady Tressilians Mädchen wurde heute morgen bewußtlos aufgefunden.«

»Was fehlt ihr denn?«

»Sie ist mit Veronal betäubt worden. Es geht ihr gar nicht gut, aber sie wird durchkommen.«

»Das Mädchen?«

Battles große, ausdrucksvolle Augen hefteten sich auf den breiten Glockenstrang, dessen Quaste auf dem Kissen neben dem Kopf der Toten lag.

Lazenby, der dem Blick des Inspektors gefolgt war, nickte.

»Sie haben recht. Das hätte Lady Tressilian als erstes getan, wenn sie sich beunruhigt gefühlt hätte – die Glocke gezogen und das Mädchen herbeigerufen. Sie hätte stundenlang läuten können, das Mädchen wäre nicht aufgewacht.«

»Es war also Absicht«, bemerkte Battle. »Oder hatte das Mädchen etwa die Gewohnheit, Schlafmittel zu nehmen?«

»Nein, sicher nicht. In ihrem Zimmer deutet nicht das geringste darauf hin. Ich habe auch herausgefunden, wie ihr das Veronal verabreicht worden ist. Mit Sennesschoten. Sie trank jeden Abend einen Absud von Sennesschoten. Im Glas sind noch Spuren.«

Inspektor Battle kratzte sich das Kinn.

»Hm«, brummte er. »Jemand, der genau Bescheid wußte.«

Kurze Zeit später befanden sich Battle und Leach allein im Zimmer.

Battle machte einen nachdenklichen Eindruck.

»Hältst du es für möglich, daß jemand den Golfschläger mit Handschuhen benutzt hat, nachdem die Fingerabdrücke dran waren?« fragte er.

Leach schüttelte den Kopf.

»Nein, und du glaubst es selber nicht, Onkel. Dabei wären die Abdrücke unweigerlich verwischt worden. Und du hast ja gesehen, wie klar sie sind.«

»Na, jedenfalls stehen wir jetzt vor der unangenehmen Aufgabe, sämtlichen Hausbewohnern die Fingerabdrücke abzunehmen. Dann werden wir ja sehen.«

»Sie sind alle im Eßzimmer.«

Battle betrachtete die Tote.

»Die Frau sieht nicht aus, als ob sie Haß erregt hätte.«

Er schwieg eine Weile, dann erkundigte er sich: »Wer beerbt sie?«

»Du hast recht! Da könnte die Antwort liegen. Das müssen wir als erstes feststellen.«

Während sie die Treppe hinuntergingen, überflog Battle die Liste, die er in der Hand hielt. Er las laut:

»Miss Aldin, Mr. Royde, Mr. Strange, Mrs. Strange, Mrs. Audrey Strange. Hm, ziemlich viele, die Strange heißen.«

»Soviel ich weiß, hat dieser Strange zweimal geheiratet«, erläuterte Leach.

Battle zog vielsagend die Brauen in die Höhe.

Alle saßen um den Eßtisch und versuchten so zu tun, als ob sie äßen.

Inspektor Battle musterte unverhohlen die Gesichter, die

sich ihm zuwandten. Er schätzte sie nach seinem eigenen Maßstab ab. Sein Standpunkt wäre den Anwesenden sonderbar vorgekommen, hätten sie ihn gekannt. Solange der Täter nicht einwandfrei feststand, betrachtete Inspektor Battle einen jeden Menschen, der in einen Mordfall verwickelt war, als potentiellen Mörder.

Er blickte von Mary Aldin, die aufrecht und blaß am oberen Ende des Tisches saß, zu Thomas Royde, der seine Pfeife stopfte, dann zu Audrey, die ihren Stuhl zurückgeschoben hatte, ihre Kaffeetasse in der rechten und eine Zigarette in der linken Hand hielt, zu Nevile, der benommen und verwirrt dreinblickte, und schließlich zu Kay, die die Ellenbogen auf den Tisch stützte, und deren Blässe trotz des Make-ups zu bemerken war.

Inspektor Battle dachte dabei: Angenommen, Miss Aldin wäre die Täterin. Kühler Mensch, tüchtige Person, würde ich sagen. Verliert nicht so leicht den Kopf. Der Mann neben ihr ist ein stilles Wasser ... hat einen verkrüppelten Arm, ein undurchdringliches Gesicht ... Minderwertigkeitsgefühle. Das ist vermutlich eine der beiden Gattinnen. Die ist zu Tode erschrocken. Komisch, wie sie die Tasse hält. Das ist Strange, den hab ich schon mal irgendwo gesehen. Er ist vollkommen mit den Nerven fertig. Die Rothaarige hat Temperament. Teufel noch mal. Außerdem hat sie Grütze im Kopf.

Mary Aldin stellte alle Anwesenden vor und sagte dann: »Wir sind völlig entsetzt, aber natürlich möchten wir alle Ihnen helfen, wenn wir können.«

»Um gleich damit zu beginnen«, sagte Leach und hielt den Golfschläger hoch, »weiß jemand über diesen Golfschläger Bescheid?«

Mit einem kleinen Aufschrei rief Kay: »Wie gräßlich! Ist sie damit ...«

Nevile stand auf und kam um den Tisch herum.

»Sieht aus wie meiner. Darf ich mal sehen?«

»Jetzt ist er ganz in Ordnung«, erwiderte Leach. »Sie können ihn untersuchen.«

Die Betonung des Wörtchens »jetzt« rief bei keinem Anwe-

senden eine Reaktion hervor. Nevile betrachtete den Golfschläger. »Der stammt aus meinem Sack«, erklärte er. »Ich kann es Ihnen beweisen, wenn Sie mit mir kommen wollen.«
Die beiden Beamten folgten ihm hinaus. Unter der Treppe befand sich ein Schrank, den Nevile öffnete. Battle hatte den Eindruck, daß der Schrank mit Rackets überfüllt war. Im gleichen Augenblick fiel ihm ein, wo er Nevile schon gesehen hatte.
»Ich habe Sie in Wimbledon Tennis spielen sehen, Mr. Strange«, sagte er.
Nevile wandte den Kopf halb zur Seite. »Ah ja?« Dann warf er die Rackets durcheinander, bis er die beiden Golfsäcke erreichte, die gegen Angelgeräte lehnten.
»Nur meine Frau und ich spielen Golf«, erklärte er. »Und das da ist ein Männerschläger. Ja, es stimmt . . . es ist meiner.«
Er hatte den einen Sack hervorgeholt, der mindestens vierzehn Schläger enthielt.
»Ich danke Ihnen, Mr. Strange. Damit wäre diese Frage geklärt.«
»Wissen Sie, was mich wundert?« sagte Nevile. »Daß nichts gestohlen worden ist. Und nirgends ein Zeichen eines Einbruchs . . .«
Seine Stimme klang verwirrt, aber es schwang auch Schrekken darin.
Battle dachte: Sie haben alle schon darüber geredet.
»Die Dienstboten sind vollkommen harmlos«, fuhr Nevile fort.
»Ich werde mit Miss Aldin über die Dienstboten sprechen«, sagte Leach. »Übrigens wüßte ich gern, mit welcher Anwaltskanzlei Lady Tressilian zu tun hatte.«
»Askwith und Trelawny in St. Loo«, antwortete Nevile prompt.
»Besten Dank, Mr. Strange. Wir müssen wegen der Erbschaft Erkundigungen einziehen.«
»Wollen Sie wissen, wer Lady Tressilian beerbt?« fragte Nevile.
»Ja, ganz recht. Das Testament und dergleichen.«

»Über das Testament weiß ich nichts Näheres«, sagte Nevile. »Soviel mir bekannt ist, hinterläßt meine Tante kein eigenes Vermögen. Nach dem Testament ihres verstorbenen Mannes sind meine Frau und ich die einzigen Erben. Lady Tressilian verfügte zu Lebzeiten nur über die Zinsen des Vermögens.«

»Ach wirklich?«

Leach musterte Nevile erstaunt. Unter dem Blick blinzelte Nevile nervös.

»Haben Sie eine Ahnung, wie hoch das Vermögen ist, Mr. Strange?« fragte Leach freundlich.

»Genau weiß ich es nicht. Ich glaube, um hunderttausend Pfund herum.«

»Oh! Eine beträchtliche Summe.«

Nevile lächelte und sagte ruhig: »Ich besitze eigenes Vermögen und bin nicht darauf angewiesen, eine Erbschaft zu machen.«

Leach sah entsetzt aus, als kränkte es ihn, daß man ihm derartige Gedanken zutrauen konnte.

Sie gingen ins Eßzimmer zurück, und Leach hielt seine nächste kleine Rede. Diesmal handelte es sich um die Fingerabdrücke, die abgenommen werden mußten – eine reine Routineangelegenheit, die sich niemand zu Herzen zu nehmen brauchte ...

Alle drückten ihre Bereitwilligkeit aus. Sie wurden in die Bibliothek geführt, wo Jones schon mit seiner kleinen Farbwalze wartete.

Battle und Leach nahmen sich inzwischen die Dienstboten vor.

Sie erfuhren nicht viel. Hurstall berichtete, daß er wie stets das Haus abgeschlossen und es am Morgen ohne Zeichen eines gewaltsamen Eindringens vorgefunden hatte. Die Haustür war nicht verriegelt gewesen, weil Nevile am Abend nach Easterhead-Bucht gegangen war und erst spät zurückkehren wollte. Den Hausschlüssel hatte er mitgenommen.

»Wissen Sie, wann er heimgekommen ist?«

»Ich glaube, gegen halb drei. Offenbar war er in Begleitung, denn ich hörte Stimmen und dann einen Wagen fortfahren.

Ich hörte auch, wie Mr. Strange die Haustür abschloß und die Treppe hinaufging.«
»Und um welche Zeit verließ er das Haus?«
»Ungefähr um zehn vor halb elf. Ich hörte, wie die Haustür ins Schloß fiel.«
Die übrigen Angestellten machten einen beunruhigten und verängstigten Eindruck, aber das war unter den gegebenen Umständen ja nicht weiter verwunderlich.
Fragend blickte Leach seinen Onkel an, nachdem sich die Tür hinter dem völlig aufgelösten Küchenmädchen geschlossen hatte.
Battle sagte: »Laß das eine Hausmädchen noch mal kommen. Nicht die mit den vorstehenden Augen, sondern die Magere, Säuerliche. Die weiß etwas.«
Emma Wales fühlte sich offensichtlich unsicher. Warum wurde sie noch einmal verhört?
»Ich möchte Ihnen einen kleinen Rat geben, Miss Wales«, sagte Battle. »Es hat keinen Zweck, uns etwas zu verschweigen. Die Polizei denkt dann ungünstig von Ihnen, verstehen Sie.«
Emma Wales versuchte einen schwachen Widerspruch: »Sie können mir glauben ...«
Battle hob die Hand.
»Sie haben etwas gehört oder gesehen – was ist es?«
»Ich habe wirklich nicht gehorcht ... Hurstall hat es ebenfalls gehört. Und ich bin überzeugt, daß es gar nichts mit dem Mord zu tun hat.«
»Sicher nicht. Aber erzählen Sie uns trotzdem, was Sie gehört haben.«
»Also, ich wollte gerade zu Bett gehen. Kurz nach zehn war es, und ich mußte Miss Aldin noch ihre Wärmflasche bringen. Sommer wie Winter braucht sie eine Wärmflasche. Und da mußte ich natürlich an Lady Tressilians Tür vorbei.«
»Weiter.«
»Da hörte ich Lady Tressilian und Mr. Strange heftig streiten. Ganz laut sprachen sie. Er schrie sogar. Oh, es war eine richtige Auseinandersetzung.«

»Erinnern Sie sich an die Worte?«
»Ich hab halt nicht so genau hingehört.«
»Aber vielleicht haben Sie doch das eine oder andere Wort aufgeschnappt.«
»Lady Tressilian sagte, daß sie irgend etwas in ihrem Hause nicht dulden wollte. Und er schrie, sie solle ja nichts gegen sie sagen. Gegen wen, weiß ich nicht. Ganz aufgebracht war er.«
Mehr wußte Emma Wales nicht. Battle entließ sie schließlich.
Er und Jim blickten einander an. Nach einer Weile sagte der Neffe: »Vielleicht kann Jones uns jetzt wegen der Fingerabdrücke Bescheid geben.«
Battle fragte: »Wer untersucht die Schlafzimmer?«
»Williams. Ein zuverlässiger Mann.«
»Sorg dafür, daß niemand ein Schlafzimmer betritt, bevor Williams fertig ist.«
In diesem Augenblick wurde die Tür geöffnet, und Williams steckte den Kopf herein.
»In Mr. Stranges Zimmer ist etwas, das Sie sich einmal ansehen sollten.«
Die beiden Beamten folgten ihm in das Zimmer an der Westseite des Hauses.
Williams wies auf ein Kleiderbündel, das auf dem Boden lag: ein dunkelblauer Rock, Beinkleider und Weste.
Leach fragte scharf: »Wo haben Sie die Sachen gefunden?«
»Zuunterst im Kleiderschrank. Schauen Sie sich das einmal an, Sergeant.«
Williams hob den Rock hoch und zeigte auf die Manschetten.
»Sehen Sie die dunklen Flecke? Das ist Blut, oder ich heiße August. Und da, der ganze Ärmel ist bespritzt.«
»Hm.« Battle mied den Blick seines Neffen. »Sieht bös aus für den jungen Strange. Sonst noch etwas Besonderes?«
»Über dem Stuhl dort hängt ein graugestreifter Anzug. Und da – beim Waschbecken ist der ganze Boden naß.«
»Scheint, als ob er sich in aller Eile die Hände gewaschen hat,

was? Immerhin ist die Pfütze beim offenen Fenster, und es hat hereingeregnet.«

»Aber der Regen hat diese Pfütze nicht machen können, Inspektor. Dann sähe sie anders aus.«

Battle schwieg. Ein Bild trat vor seine Augen. Ein Mann, der Blut an Händen und Ärmeln hat, und der seinen Anzug auszieht, um ihn dann in den Schrank zu stopfen – erregt gießt er sich Wasser über Hände und Arme.

Battle sah zu der anderen Türe hinüber.

»Mrs. Stranges Zimmer, Inspektor«, erklärte Williams.

»Die Türe ist abgeschlossen.«

»Von dieser Seite?«

»Nein, von der andern.«

Battle überlegte. Dann befahl er: »Lassen Sie den alten Diener noch mal kommen.«

Hurstall schien sehr nervös zu sein.

Leach begann unumwunden: »Warum haben Sie uns verschwiegen, daß Sie gestern abend einen Streit zwischen Lady Tressilian und Mr. Strange gehört haben?«

Der alte Mann blinzelte.

»Ich dachte gar nicht mehr daran, Sergeant. Ich würde es auch keinen Streit nennen – nur eine kleine Meinungsverschiedenheit.«

Leach verzichtete auf eine Entgegnung und forschte stattdessen: »Was für einen Anzug hat Mr. Strange gestern beim Abendessen getragen?«

Hurstall zögerte.

Battle fiel ruhig ein: »Einen dunkelblauen oder einen grauen Anzug? Wenn Sie sich nicht erinnern, wird uns wohl jemand anderer Auskunft geben können.«

Hurstall bequemte sich zu einer Antwort: »Jetzt fällt es mir wieder ein – einen dunkelblauen Anzug.«

Offenbar wollte er die Ehre der Familie retten, denn er fügte eifrig hinzu: »Während der Sommermonate ziehen die Herrschaften sich zum Nachtessen nicht um, weil sie hinterher oft noch in den Garten gehen.«

Battle nickte.

Hurstall verließ das Zimmer. Beim Hinausgehen stieß er fast mit Jones zusammen, der aufgeregt hereinkam.
»Ich habe alle Fingerabdrücke, Inspektor«, berichtete er. »Natürlich habe ich bisher nur einen oberflächlichen Vergleich anstellen können, aber ich wette, daß ich die richtigen Abdrücke habe.«
»Nun?« fragte Battle.
»Die Fingerabdrücke auf dem Golfschläger stammen von Mr. Strange.«
Battle lehnte sich in seinem Stuhl zurück.
»Na also«, sagte er, »damit scheint die Sache ja abgeschlossen zu sein, was?«

26

Sie befanden sich im Amtszimmer des Polizeidirektors – drei Männer mit ernsten Gesichtern.
Major Mitchell sagte mit einem Seufzer: »Nun, ich glaube, es bleibt uns gar nichts anderes übrig, als ihn zu verhaften?«
Leach nickte.
»Sieht ganz so aus.«
Mitchell blickte Inspektor Battle an.
»Kopf hoch, Battle«, ermunterte er freundlich. »Ihr bester Freund ist nicht gestorben.«
»Mir gefällt die Sache nicht«, gab Battle zurück.
»Sie gefällt wohl keinem. Aber die Indizien dürften genügen. Ein Motiv ist auch vorhanden: Strange und seine Frau erben ein beträchtliches Vermögen. Er hat die alte Dame als letzter lebend gesehen – zwei Zeugen haben ihn mit ihr streiten hören. Der Anzug, den er trug, ist blutbefleckt, und seine Fingerabdrücke wurden auf dem Mordinstrument gefunden.«
»Und trotzdem gefällt auch Ihnen die Sache nicht«, bemerkte Battle. »Warum eigentlich nicht?«

Major Mitchell rieb sich die Nase.
»Der Mann steht ein bißchen sehr als Dummkopf da, finde ich.«
»Immerhin benehmen sich Verbrecher manchmal wie Dummköpfe.«
Battle wandte sich an seinen Neffen.
»Und was gefällt dir daran nicht, Jim?«
Leach bewegte sich unbehaglich.
»Ich hab diesen Strange immer gern gemocht. Seit Jahren kenne ich ihn schon. Er ist ein netter Mensch – und ein guter Sportsmann.«
»Ich sehe nicht recht ein, wieso ein guter Tennisspieler nicht auch ein Mörder sein könnte«, entgegnete Battle. »Was mir mißfällt, das ist der Golfschläger.«
»Der Golfschläger?« wiederholte Mitchell erstaunt.
»Ja, Major, oder andererseits die Glocke. Die Glocke oder der Golfschläger. Was sehen wir als tatsächliches Geschehen an? Mr. Strange ging in Lady Tressilians Zimmer, stritt mit ihr, verlor die Selbstbeherrschung und hieb ihr mit dem Golfschläger auf den Kopf. Wenn es sich so zugetragen hat, das heißt, wenn es kein vorbedachter Mord war, wieso hatte er dann den Golfschläger bei sich? So ein Ding pflegt man doch abends nicht mit sich herumzutragen.«
»Vielleicht hatte er gerade trainiert.«
»Niemand sah ihn dabei. Zuletzt hat man ihn vor einer Woche am Strand üben sehen. Man kann die Sache nur von der einen oder von der anderen Seite betrachten. Entweder gab es einen Streit, und er verlor die Selbstbeherrschung – was ich nicht glaube, denn ich habe Strange auf dem Tennisplatz gesehen, wo er, im Gegensatz zu den meisten Tennisspielern, immer ruhig und gelassen blieb –, oder aber es handelt sich um einen vorbedachten Mord, das heißt, er war auf das Geld der alten Dame aus. Die zweite Theorie paßt mit der Glocke und auch mit dem Einschläfern des Mädchens zusammen, aber sie stimmt nicht mit dem Golfschläger und dem Streit überein! Hätte er den Plan gefaßt, seine Tante umzubringen, so wäre er sorgfältig darauf bedacht gewesen, nicht

mit ihr zu streiten. Dann hätte er wohl auch kaum alle die offensichtlichen Spuren hinterlassen. Die vielen Elemente, die wir haben, lassen sich nun einmal nicht zusammenfügen.«

»An Ihrer Erklärung ist was dran, Battle, aber ... aber wohin führt uns das?«

»Da niemand den Golfschläger benutzen konnte, ohne Stranges Fingerabdrücke zu verwischen, muß der Mord mit einem andern Gegenstand verübt worden sein.«

Major Mitchell holte tief Atem.

»Donnerwetter ... ist das nicht etwas weit hergeholt?«

»Es ist eine logische Folgerung, Major. Entweder hat Strange den Mord mit dem Golfschläger verübt oder niemand. Ich setze auf niemand. In diesem Fall hat der Täter den Golfschläger absichtlich zurückgelassen und ihn mit Blut und Haaren beschmiert. Auch der Arzt konnte nicht mit Sicherheit bestätigen, daß er als Mordwaffe gedient hat.«

Mitchell lehnte sich zurück.

»Fahren Sie fort, Inspektor. Ich bin gespannt. Die nächste Folgerung?«

»Lassen Sie den Golfschläger aus dem Spiel, was bleibt dann? Erstens das Motiv. Hatte Nevile Strange wirklich ein Motiv, seine Tante umzubringen? Er behauptete, das Geld nicht nötig zu haben. Diese Aussage müßte nachgeprüft werden. Steht er finanziell schlecht da, so sieht die Sache allerdings böse aus für ihn. Hat er aber die Wahrheit gesagt, dann ...«

»Nun, dann?«

»Dann müssen wir herausfinden, wer sonst im Hause ein Motiv haben könnte.«

»Sie nehmen an, daß Nevile Strange in Verdacht kommen sollte?«

Battle erwiderte nachdrücklich: »Es steckt etwas dahinter, das steht fest. Gerade weil die Sache so einfach aussieht.«

Der Polizeidirektor sah Battle nachdenklich an.

»Sie könnten recht haben. Ja, wahrhaftig, je mehr ich mir's überlege – es steckt etwas dahinter. Haben Sie sich schon einen Schlachtplan zurechtgelegt?«

Battle rieb sich das kräftige Kinn.

»Ich ziehe stets den geraden Weg vor. Alles ist darauf angelegt worden, uns glauben zu machen, Nevile Strange sei der Mörder. Lenken wir also unsern Verdacht auf ihn. Wir brauchen nicht so weit zu gehen, daß wir ihn verhaften, aber wir wollen es andeuten, wollen ihn verhören und ihm die Hölle heiß machen – und dabei beobachten, wie die andern reagieren.«
»Sie sind ja geradezu ein abgefeimter Bühnen-Bösewicht«, sagte Major Mitchell mit einem Zwinkern.
Der Inspektor lächelte.
»Ich tue immer das, was man von mir erwartet, Major. Diesmal will ich mir besonders viel Zeit lassen. Ich möchte ein bißchen herumschnüffeln. Und wenn ich Strange verdächtige, bietet sich mir eine gute Gelegenheit zum Schnüffeln. Ich werde den Verdacht nicht los, daß in diesem ›Möwennest‹ etwas Sonderbares vorgegangen ist.«
»Cherchez la femme?«
»Gewissermaßen, Major.«
»Na, tun Sie, was Ihnen beliebt, Battle. Sie und Leach können die Sache gemeinsam übernehmen.«
»Danke, Major.« Battle erhob sich. »In der Anwaltskanzlei ist wohl nichts in Erfahrung gebracht worden, das aufschlußreich sein könnte?«
»Nein. Ich habe dort angerufen. Trelawny kenne ich recht gut. Er will mir eine Abschrift des Testaments von Sir Matthew und von Lady Tressilian schicken. Sie bezog jährlich fünfhundert Pfund. Sie hat Barrett ein Legat ausgesetzt, eine kleinere Summe dem Diener Hurstall vermacht, der Rest geht an Miss Aldin.«
»Die drei müssen wir im Auge behalten«, sagte Battle.
Mitchell betrachtete ihn sinnend.
»Sie sind ziemlich argwöhnisch, was?«
»Es hat keinen Sinn, sich von fünfzigtausend Pfund hypnotisieren zu lassen«, erwiderte der Inspektor ruhig. »Manch ein Mord ist schon wegen weniger als fünfzig Pfund verübt worden – möglicherweise hat sie sich selbst betäubt, um jeglichen Verdacht von sich abzulenken.«

»Um ein Haar hätte sie das Leben eingebüßt«, wandte Mitchell ein. »Dr. Lazenby hat noch nicht erlaubt, daß sie verhört wird.«
»Sie kann aus Unwissenheit eine zu große Dosis eingenommen haben. Was Hurstall betrifft – vielleicht brauchte er dringend Geld. Und Miss Aldin – wenn sie kein eigenes Vermögen hat, so könnte sie der Gedanke gelockt haben, zu etwas Geld zu kommen, um das Leben ein bißchen zu genießen, bevor sie zu alt dazu ist.«
Der Polizeidirektor blickte zweifelnd drein.
»Na«, sagte er abschließend, »es ist nun an Ihnen beiden, Licht in die Sache zu bringen. Machen Sie sich also an die Arbeit.«

27

Die beiden Beamten kehrten ins »Möwennest« zurück und ließen sich von Williams und Jones Bericht erstatten.
In keinem Schlafzimmer war etwas Verdächtiges gefunden worden. Die Dienstboten wollten wissen, ob sie wieder ihrer gewohnten Tätigkeit nachgehen dürften.
»Das wird sich wohl machen lassen«, meinte Battle. »Aber zuerst will ich mir die beiden oberen Stockwerke selber noch mal ansehen. Manchmal erzählen Räume etwas über ihre Bewohner.«
Jones stellte eine Pappschachtel auf den Tisch und öffnete sie.
»Von Mr. Stranges dunkelblauem Rock«, erklärte er. »Die roten Haare waren auf der Manschette, die blonden innen am Kragen und auf der Schulter.«
Battle betrachtete die Haare. Mit einem flüchtigen Lächeln sagte er:
»Sehr bequem. In diesem Haus haben wir eine Frau mit roten, eine mit blonden und eine mit braunen Haaren. So wissen wir gleich, woran wir sind. Rote Haare an der Man-

schette, blonde am Kragen? Nevile Strange scheint wirklich ein ganz toller Hecht zu sein. Den Arm legt er um die eine Frau, und die andere darf ihren Kopf an seiner Schulter ruhen lassen.«

»Das Blut am Ärmel wird untersucht, Inspektor. Sowie das Ergebnis vorliegt, werden wir benachrichtigt.«

»Und was ist mit den Dienstboten?« fragte Leach.

»Ich habe Ihre Anweisungen befolgt, Sergeant. Keinem ist gekündigt worden, und niemand scheint gegen die alte Dame einen Groll gehegt zu haben. Sie war streng, aber allgemein beliebt. Außerdem unterstanden die Bediensteten eigentlich Miss Aldin, die den Haushalt leitete. Sie scheinen alle sehr an ihr zu hängen.«

»Eine tüchtige und gescheite Person, soweit ich es beurteilen kann«, bemerkte Battle. »Falls sie die Mörderin sein sollte, wird sie nicht leicht zu überführen sein.«

Jones blickte entsetzt drein.

»Aber die Fingerabdrücke auf dem Golfschläger . . .«

»Ich weiß, ich weiß. Unser einzigartig bequemer Verdächtiger. Im allgemeinen sollen Sportler nicht gerade an Überintelligenz leiden, doch glaube ich nicht, daß Nevile Strange ein Dummkopf ist. Was ist mit den Sennesschoten des Mädchens?«

»Sie waren immer in einer Tüte, die auf dem Bord im Badezimmer der Bediensteten im zweiten Stock lag. Sie pflegte sie mittags einzuweichen, und da standen sie dann in einem Glas, bis sie abends zu Bett ging.«

»So daß also jeder dran konnte! Das heißt, jeder im Haus. Wobei jedoch in Betracht zu ziehen ist, daß man sich leicht einen Nachschlüssel hätte beschaffen und von außen eindringen können. Allerdings müßte dieser Außenseiter dann über die Glocke und Barretts Sennesschoten Bescheid gewußt haben.«

Sie gingen in den zweiten Stock hinauf, um sich die Räume dort anzusehen. Als erstes kam ein Abstellraum an die Reihe, der mit ausrangierten Möbeln und allem möglichen Plunder vollgestopft war.

»Hier habe ich noch nicht nachgesehen«, sagte Jones. »Ich wußte nicht . . .«
»Was hätten Sie hier auch suchen sollen? Sie hatten ganz recht. Nur Zeitverschwendung. Der Staub am Boden verrät, daß diesen Raum seit mindestens einem halben Jahr kein Mensch mehr betreten hat.«
Sämtliche Bedienstetenzimmer lagen in diesem Stockwerk, außerdem zwei unbewohnte Schlafräume und ein Badezimmer. Battle unterzog jeden Raum einer raschen, aber informativen Besichtigung. Er stellte fest, daß Alice, das Hausmädchen mit den vorstehenden Augen, bei geschlossenem Fenster schlief; daß Emma, die Magere, viele Verwandte hatte, deren Fotografien auf der Kommode standen, und daß Hurstall ein paar leicht beschädigte Meißner Porzellanfiguren besaß.
Das Zimmer der Köchin zeigte musterhafte Ordnung, das des Küchenmädchens ein wüstes Chaos. Battle betrat das Badezimmer, das dem Treppenabsatz am nächsten lag. Williams wies auf das Bord über dem Waschbecken, auf dem Gläser und Zahnbürsten sowie verschiedene Flaschen standen. Eine geöffnete Tüte mit Sennesschoten lag am äußersten Rand.
»Keine Fingerabdrücke auf Glas oder Tüte?«
»Nur die des Mädchens. Ich fand sie auch in ihrem Zimmer.«
»Der Mörder brauchte das Glas gar nicht anzufassen«, sagte Leach. »Er konnte das Veronal einfach hineinwerfen.«
Battle ging die Treppe hinunter, gefolgt von Leach. Auf halbem Wege kamen sie an einem ziemlich hoch eingelassenen Fenster vorbei. In der Ecke lehnte eine Stange mit einem Haken.
»Damit wird das Fenster geöffnet und geschlossen«, erklärte Leach. »Aber man kann von außen nicht eindringen, das Fenster ist zu schmal.«
»Daran dachte ich auch gar nicht«, erwiderte Battle, der ein nachdenkliches Gesicht machte.
Sie betraten das erste Zimmer im nächsten Stockwerk, das von Audrey bewohnt wurde. Hier herrschte Ordnung, nir-

gends lag ein Kleidungsstück herum. Battle blickte in den Schrank. Zwei Mäntel, ein Kostüm, zwei Abendkleider, drei Sommerkleider. Die Kleider waren billig, Mäntel und Kostüm dagegen von bester Qualität und gut geschnitten, aber nicht neu.

Battle nickte vor sich hin. Er stand am Schreibtisch und spielte mit dem Federhalter, der links von der Schreibunterlage in einer Schale lag.

Williams sagte: »Weder auf dem Löschpapier noch im Papierkorb hat sich etwas gefunden, das von Interesse wäre.«

»Ihr Wort genügt mir«, versetzte Battle. »Hier gibt's nichts für uns.«

Sie gingen in die anderen Räume.

Bei Thomas entdeckten sie Unordnung. Kleidungsstücke lagen herum, auf dem Tisch und neben dem Bett war Asche verstreut, auf dem Nachttisch lag ein aufgeschlagenes Buch, Kiplings *Kim.*

»Der Mann ist gewöhnt, daß sein Boy ihm alles aufräumt«, bemerkte Battle. »Liest gern ältere Bücher. Konservativer Typ.«

Marys Zimmer war klein, aber gemütlich. Battle betrachtete die Reisebücher auf dem Bord und die alten, wertvollen Silberbürsten. Ansonsten waren Möbel und Farben hier moderner als in den andern Räumen

»Sie ist weniger konservativ«, sagte Battle. »Keine Fotografien. Entschieden kein Mensch, der in der Vergangenheit lebt.«

Vier unbewohnte Zimmer gab es noch, alle gut in Schuß, so daß sie jederzeit benutzt werden konnten, überdies zwei Baderäume. Dann kam Lady Tressilians Doppelzimmer. Danach gelangte man über drei Stufen zu den beiden Räumen und dem Badezimmer, die das Ehepaar Strange bewohnte.

In Neviles Zimmer hielt sich Battle nicht lange auf. Er schaute zu dem offenen Fenster hinaus, unter dem die Felsen jäh zum Wasser abfielen. Die Aussicht ging nach Westen, nach dem Stark Head zu, der sich wild und abwehrend aus dem Wasser erhob.

»Hat Nachmittagssonne«, murmelte er. »Aber einen ziemlich grimmigen Morgenblick. Bei Ebbe riecht's hier auch nach Tang. Und der Felsen dort sieht finster aus. Kein Wunder, daß er Selbstmörder anlockt!«

Er begab sich in den größeren Raum; die Verbindungstür war inzwischen aufgeschlossen worden.

Hier war alles in wilder Unordnung. Kleidungsstücke lagen herum – schmutzige Wäsche, Strümpfe, Pullover; ein buntes Sommerkleid hing nachlässig über einem Stuhl. Battle blickte in den Schrank. Er war wohlgefüllt – Pelze, Abendroben, Shorts, Tenniskleider, Sportkostüme.

Beinahe ehrfürchtig machte Battle den Schrank wieder zu.

»Eine teure Gattin«, bemerkte er. »Sie muß ihren Mann viel Geld kosten.«

Leach mutmaßte: »Vielleicht hat er deshalb ...« Er ließ den Satz unbeendet.

»Ob er deshalb fünfzigtausend Pfund gebraucht hat? Möglich. Wir wollen lieber abwarten, was er dazu zu sagen hat.«

Sie gingen in die Bibliothek. Williams wurde fortgeschickt, um den Angestellten mitzuteilen, daß sie mit ihrer Hausarbeit fortfahren konnten. Es stand den Bewohnern frei, sich wieder in ihren Zimmern aufzuhalten, wenn sie es wünschten. Außerdem wurden sie benachrichtigt, daß Sergeant Leach einen jeden allein sprechen wollte, als ersten Nevile Strange.

Battle und Leach ließen sich an dem massiven Tisch nieder. Ein junger Polizeibeamter saß mit einem Stenogrammblock in einer Ecke, den Bleistift gezückt.

Battle rieb sich nachdenklich das Kinn und runzelte die Brauen.

»Ich wünschte, ich wüßte, wieso ich an Hercule Poirot denken muß.«

»Meinst du den Belgier, diesen komischen kleinen Kerl?«

»Komisch ist gut! Der ist ungefähr so gefährlich wie eine Tigerin, wenn er sich mit einem Fall befaßt. Ich wünschte, er wäre hier. Dieser Fall wäre genau richtig für ihn.«

»Inwiefern?«

»Weil es sich um psychologische Zusammenhänge handelt«, erwiderte Battle. Er dachte an Miss Amphrey und seine Tochter Sylvia. »Poirot setzt die einzelnen Teile des Puzzles zusammen und nagelt auf diese Weise den Mörder fest. Vor allem läßt er die Leute reden.«
»Und jetzt willst du Nevile Strange zum Reden bringen?«
Battle nickte geistesabwesend.
Dann sagte er mit leichter Verwirrung: »Wenn ich nur wüßte, wieso mir Hercule Poirot eingefallen ist ... Oben war es ... Was hab ich dort gesehen, das mich an den kleinen Belgier erinnert hat?«
Nevile Strange unterbrach mit seinem Eintritt das Grübeln des Inspektors. Er sah blaß und besorgt aus, aber weniger nervös als beim Frühstück.
Battle musterte ihn scharf. Unglaublich, daß ein Mann in dieser Lage keine Unruhe zeigte.
Jim Leach sprach ihn liebenswürdig an:
»Wir hätten Ihnen gern noch einige Fragen gestellt, Mr. Strange. Vor allem möchten wir wissen, was Sie gestern getan haben. Übrigens mache ich Sie darauf aufmerksam, daß Sie die Fragen nicht zu beantworten brauchen, wenn Sie es vorziehen, nur in Anwesenheit Ihres Rechtsbeistands verhört zu werden.«
Er lehnte sich zurück, um die Wirkung seiner Worte zu beobachten.
Nevile blickte offensichtlich verwirrt drein.
Er hat gar keine Ahnung, worauf wir hinauswollen, dachte Leach.
Oder aber er ist ein glänzender Schauspieler.
Laut fuhr er fort: »Nun, Mr. Strange?«
»Natürlich stehe ich Ihnen zur Verfügung«, antwortete Nevile.
»Sie sind sich doch im klaren darüber«, bemerkte Battle freundlich, »daß jedes Ihrer Worte notiert wird und unter Umständen vor Gericht gegen Sie verwendet werden kann?«
Ein Anflug von Zorn glitt über Neviles Gesicht.
»Wollen Sie mir drohen?«

»Nein, nein, nur warnen möchte ich Sie.«
Nevile zuckte die Schultern.
»Das gehört wohl zu Ihren Pflichten. Fangen Sie also an.«
»Dann teilen Sie uns bitte genau mit, was Sie gestern abend gemacht haben. Vom Abendessen an.«
»Nach dem Abendessen gingen wir ins Wohnzimmer, wo wir den Kaffee nahmen. Wir hörten die Nachrichten im Radio und so weiter. Dann beschloß ich, zum Hotel Easterhead hinüberzugehen und dort einen Freund aufzusuchen.«
»Der Name des Freundes?«
»Latimer. Edward Latimer.«
»War es nicht schon etwas spät für den Besuch?«
»Oh, dort drüben geht's ziemlich lustig zu. Das Hotel ist die halbe Nacht geöffnet.«
»Aber hier im Haus begibt man sich recht früh zu Bett, nicht wahr?«
»Im großen ganzen ja. Deshalb nahm ich auch den Hausschlüssel mit. Meinetwegen brauchte niemand aufzubleiben.«
»Wollte Ihre Frau nicht mitkommen?«
Eine leichte Veränderung war Neviles Stimme anzumerken, etwas Kaltes lag darin, als er erwiderte:
»Nein, sie hatte Kopfschmerzen. Sie war schon zu Bett gegangen.«
»Fahren Sie bitte fort. Mr. Strange.«
»Ich wollte mich gerade umziehen ...«
Leach fiel ein: »Entschuldigen Sie, was wollten Sie anziehen? Einen Abendanzug? Oder wollten Sie einfach nur wechseln?«
»Ich hatte einen blauen Anzug an, zufällig meinen besten, und da es regnete, nahm ich lieber einen älteren – einen grauen, der feine Streifen hat, wenn Sie es ganz genau wissen wollen.«
»Wir möchten gern jede Einzelheit wissen«, versetzte Leach bescheiden. »Bitte weiter.«
»Wie gesagt, ich wollte gerade hinaufgehen, als Hurstall kam und mich zu Lady Tressilian schickte, die mich zu sprechen

wünschte. Ich begab mich also zu ihr, und dann . . . dann hatten wir einen kleinen Wortwechsel.«
»Sie sahen sie als letzter lebend, nicht wahr, Mr. Strange?«
Nevile errötete.
»Ja, ich . . . ich glaube. Sie war aber ganz wohlauf.«
»Wie lange blieben Sie bei ihr?«
»Ungefähr zwanzig Minuten, denke ich. Dann begab ich mich in mein Zimmer, zog mich um und eilte fort. Den Hausschlüssel nahm ich mit.«
»Wie spät war es da?«
»Gegen halb elf, glaube ich. Ich lief den Hang hinunter, erwischte die Fähre gerade, als sie eben abfahren wollte, und setzte über. Im Hotel trank ich ein oder zwei Gläschen mit Latimer, und wir spielten zusammen Billard. Die Zeit verging so rasch, daß ich die letzte Fähre um halb zwei verpaßte. Latimer holte liebenswürdigerweise seinen Wagen und fuhr mich zurück. Wir mußten den ganzen Umweg über Saltington machen, so daß ich erst gegen halb drei heimkam. Ich bedankte mich bei Latimer, forderte ihn auf, mit hereinzukommen und noch einen Schluck zu trinken, aber er wollte lieber gleich zurückfahren, und so ging ich zu Bett. Ich sah und hörte nichts Auffallendes. Das ganze Haus schien zu schlafen und machte einen friedlichen Eindruck. Heute morgen hörte ich dann das Mädchen schreien, und . . .«
Leach unterbrach ihn: »Gut, gut. Um noch mal auf Ihre Unterhaltung mit Lady Tressilian zurückzukommen – worüber sprachen Sie mit ihr?«
»Oh, über alles mögliche.«
Nevile errötete.
»Freundschaftlich?«
»Gewiß.«
»Sie hatten nicht zufällig einen heftigen Streit mit ihr?« forschte Leach.
Nevile antwortete nicht.
»Sie sollten uns besser die Wahrheit sagen, Mr. Strange. Ich will Ihnen nicht verheimlichen, daß Ihr Gespräch gehört worden ist.«

»Wir hatten eine kleine Meinungsverschiedenheit«, erklärte Nevile kurz. »Ganz unbedeutend.«
»Worum handelte es sich?«
Mühsam bewahrte Nevile die Selbstbeherrschung. Er lächelte.
»Offen gestanden, sie kanzelte mich ab. Das geschah öfters. Wenn ihr etwas nicht paßte, sagte sie es geradeheraus. Sie war altmodisch, verstehen Sie, und sie konnte sich mit modernen Anschauungen nicht vertraut machen – Scheidungen und dergleichen. Wir hatten einen Wortwechsel, und ich geriet wohl etwas in Hitze, aber wir trennten uns in gutem Einvernehmen.« Aggressiv fügte er hinzu: »Ich versetzte ihr nicht etwa einen Hieb über den Kopf, weil ich in Wut geriet – falls Sie das denken!«
Leach warf seinem Onkel einen Blick zu.
Battle lehnte sich schwerfällig über den Tisch und sagte: »Sie erkannten in dem Golfschläger Ihr Eigentum. Wie erklären Sie die Tatsache, daß Ihre Fingerabdrücke darauf gefunden wurden?«
Nevile starrte ihn an. Scharf gab er zurück: »Aber natürlich sind meine Fingerabdrücke darauf. Es ist ja mein Schläger – ich hab ihn oft benützt.«
»Ich meine, wie erklären Sie die Tatsache, daß Sie den Golfschläger als letzter in der Hand gehabt haben?«
Nevile saß ganz still. Sein Gesicht hatte alle Farbe verloren.
»Das ist nicht wahr«, erwiderte er schließlich. »Das kann nicht sein. Jemand muß ihn nach mir benutzt haben, jemand, der Handschuhe trug.«
»Nein, Mr. Strange, in diesem Falle wären Ihre Fingerabdrücke verwischt worden.«
Es entstand eine Pause – eine sehr lange Pause.
»O Gott«, stieß Nevile hervor und schauderte. Er legte die Hände über die Augen. Die beiden Beamten beobachteten ihn. Dann ließ er die Hände sinken. Er saß ganz aufrecht.
»Es ist nicht wahr«, sagte er ruhig. »Es ist ganz einfach nicht wahr. Sie glauben, daß ich sie getötet habe, aber ich

habe es nicht getan. Ich schwöre es Ihnen. Es muß sich um irgendeinen schrecklichen Irrtum handeln.«
»Können Sie erklären, wieso Ärmel und Manschetten Ihres blauen Anzugs Blutflecken haben?«
»Blutflecken?« wiederholte Nevile mit entsetztem Flüstern. »Unmöglich!«
»Sie haben sich nicht vielleicht geschnitten?«
»Nein. Natürlich nicht!«
Sie warteten eine Weile. Nevile, dessen Stirn gerunzelt war, schien nachzudenken. Schließlich sah er die beiden Beamten mit schreckensstarrem Blick an.
»Es ist phantastisch! Nichts davon kann wahr sein!«
»Die Tatsachen sind wahr genug«, bemerkte Inspektor Battle.
»Aber warum sollte ich so etwas getan haben? Es ist unfaßbar ... unglaublich! Ich kenne meine Tante seit meiner Kindheit.«
Leach hüstelte.
»Sagten Sie uns nicht selber, daß Sie Lady Tressilians Erbe sind?«
»Sie glauben, daß ich deshalb ... Aber ich brauche kein Geld! Ich brauche es nicht!«
»Das sagen Sie, Mr. Strange.«
Nevile sprang auf.
»Schauen Sie, das ist etwas, das ich beweisen kann. Rufen Sie meine Bank an, Sie können selber mit dem Direktor sprechen.«
Die Verbindung wurde hergestellt. Nevile sagte in die Sprechmuschel: »Sind Sie's, Mr. Ronaldson? Hier spricht Nevile Strange. Sie kennen doch meine Stimme, nicht wahr? Würden Sie bitte so gut sein und einem Polizeibeamten, der gerade hier ist, über meine Finanzverhältnisse Auskunft geben? – Danke vielmals.«
Leach nahm den Hörer. Er sprach sehr ruhig. Er stellte Fragen und ließ sich Antwort geben.
Schließlich legte er den Hörer auf.
»Nun?« fragte Nevile eifrig.

»Die Sache ist in Ordnung«, sagte Leach mit einem Blick zu Battle. »Ihr Bankkonto weist eine beträchtliche Höhe auf.«
»Na, sehen Sie.«
»Gewiß, Mr. Strange, aber das schließt nicht aus, daß Sie vielleicht woanders Schulden haben oder erpreßt werden.«
»Nein, nein, sicher nicht! Sie werden nichts dergleichen finden.«
Battle mischte sich mit freundlichem, väterlichem Ton ein.
»Sie müssen einsehen, Mr. Strange, daß wir genügend Material in Händen haben, um Sie zu verhaften. Wir werden es jedoch nicht tun. Wir gewähren Ihnen die Vergünstigung des Zweifels.«
»Sie suchen wohl erst ein Motiv?« bemerkte Nevile bitter.
Battle schwieg.
Leach blickte zur Decke empor.
»Es ist wie ein schrecklicher Traum«, murmelte Nevile verzweifelt. »Ich kann nicht das geringste tun. Ich komme mir vor wie in einer Falle.«
Inspektor Battle schaute auf. In seinen halbgeschlossenen Augen blitzte etwas wie Erleuchtung auf.
»Gut ausgedrückt«, nickte er. »Wirklich sehr gut. Das bringt mich auf einen Gedanken . . .«

28

Jones führte Nevile Strange in die Halle hinaus und brachte dann Kay über die Terrasse herein, so daß das Ehepaar sich nicht begegnete.
»Die andern wird er aber sehen«, bemerkte Leach.
»Um so besser«, gab Battle zurück. »Ich will nur nicht, daß er seine Frau aufklärt.«
Kay trug einen dunkelgrünen Pullover, über dem ihr Haar wie eine flammende Kupferschale wirkte. Sie sah erschrokken und erregt aus. Ihre Schönheit kam in dem dunklen, ernsten Raum besonders stark zur Geltung.

Leach forderte sie auf, genau Auskunft über den vergangenen Abend zu geben.
Sie habe Kopfschmerzen gehabt und sei früh zu Bett gegangen – gegen Viertel nach neun. Sie habe tief geschlafen und sei erst am Morgen durch lautes Geschrei erwacht.
Battle führte das weitere Verhör.
»Kam Ihr Mann zu Ihnen herein, bevor er das Haus verließ?«
»Nein.«
»Die Verbindungstür zwischen Ihren beiden Zimmern war abgeschlossen? Wer hat sie versperrt?«
»Ich«, lautete die knappe Antwort.
Battle sagte nichts, sondern wartete, wartete wie ein ältlicher, väterlicher Kater – auf eine Maus, die aus dem Loch kommen sollte, vor dem er saß.
Sein Schweigen bewirkte, was keine Frage vollbracht hätte. Kay stieß impulsiv hervor:
»Oh, ich nehme an, daß Sie längst alles erfahren haben! Der dumme, alte Hurstall muß uns vor dem Tee gehört haben, und er wird es Ihnen wohl brühwarm erzählt haben! Nevile und ich hatten einen Streit, einen schlimmen Streit! Ich war wütend auf ihn! Ich ging hinauf und verschloß die Tür, bevor ich mich schlafen legte, weil ich noch immer wütend war auf ihn!«
»Ich verstehe«, erwiderte Battle mitfühlend. »Und worum drehte sich der Streit?«
»Ist das wichtig? Ach was, ich werde es Ihnen sagen! Nevile hat sich ganz einfältig benommen. Aber daran ist nur dieses Weib schuld!«
»Wer?«
»Seine erste Frau. Sie brachte ihn dazu, hierherzukommen. Nevile meint, es sei sein Einfall gewesen – der Unschuldsengel! Aber das stimmt nicht. Er dachte gar nicht daran, bis er sie eines Tages im Park traf und sie ihm den Floh ins Ohr setzte, und zwar so, daß er glaubt, er sei selber darauf gekommen. Ich habe von Anfang an gewußt, daß Audrey dahintersteckt.«
»Warum sollte sie so etwas getan haben?« fragte Battle.
»Weil sie ihn sich wieder einfangen wollte.«
Kay sprach rasch, und ihr Atem ging schnell.

»Sie kann es mir nicht verzeihen, daß ich ihn ihr weggeschnappt habe. Das ist nun ihre Rache. Sie wollte, daß wir hier zusammentreffen, und dann setzte sie ihm zu. Seit unserer Ankunft. Sie ist sehr geschickt, müssen Sie wissen. Sie versteht sich darauf, rührend auszusehen und gleichzeitig einen andern Mann auszuspielen. Sie brachte Thomas Royde, der sie schon immer verehrt hatte, dazu, ebenfalls herzukommen, und sie machte Nevile verrückt, indem sie vorgab, Thomas heiraten zu wollen.«
Atemlos hielt sie inne.
Battle fiel milde ein: »Ich hätte gedacht, daß Ihr Mann sich freuen würde, wenn seine erste Frau mit einem alten Freund glücklich werden könnte.«
»Sich freuen? Er ist eifersüchtig wie der Teufel!«
»Dann muß er sie sehr gern haben.«
»O ja«, versetzte Kay bitter, »dafür hat sie gesorgt.«
»Warum haben Sie sich denn nicht geweigert, hierherzukommen?«
»Wie konnte ich? Das hätte ja ausgesehen, als ob ich eifersüchtig wäre!«
»Nun und? Waren Sie etwa nicht eifersüchtig?«
Kay errötete.
»Doch! Ich war von Anfang an auf Audrey eifersüchtig. Ich glaubte, ihre Gegenwart ständig zu spüren. Es war, als wäre es ihr Haus, nicht meines. Ich ließ die Zimmer neu tapezieren und stellte die Möbel um, aber es war alles vergeblich. Wie ein graues Gespenst kroch sie herum. Ich wußte, daß Nevile sich Gedanken machte, weil er glaubte, sie schlecht behandelt zu haben. Er konnte sie nie ganz vergessen, sie war da – wie ein stummer Vorwurf. Es gibt solche Menschen, verstehen Sie. Sie sind ganz farblos, aber sie machen sich dauernd bemerkbar.«
Battle nickte gedankenvoll.
»Nun, ich danke Ihnen, Mrs. Strange. Das ist vorläufig alles. Das heißt, etwas möchte ich Sie noch fragen. Wie Sie wissen, erbt Ihr Mann fünfzigtausend Pfund . . .«
»So viel?«

»Sie wissen Bescheid über die Testamentsbestimmungen?«

»Ja. Neviles verstorbener Onkel bestimmte, daß das Vermögen nach dem Tode von Lady Tressilian zwischen Nevile und seiner Frau geteilt wird. Aber Sie müssen nicht denken, daß ich mich über den Tod der alten Frau freue. Ich liebte sie nicht sehr – vielleicht weil sie mich nicht liebte, aber es ist doch gräßlich, sich vorzustellen, daß ihr ein Einbrecher so unversehens den Garaus gemacht hat.«

Auf diese Weise redete Kay weiter. Als sie dann draußen war, blickten Battle und Leach einander an.

»Was hältst du von ihr?« bemerkte Battle. »Sieht gut aus, was? Ein Mann könnte ihretwegen leicht den Kopf verlieren.«

»Immerhin wirkt sie nicht gerade wie eine Dame«, meinte Leach.

»So sind die Frauen heutzutage nun mal. Wollen wir uns jetzt Nummer eins ansehen? Nein, lieber erst Miss Aldin. Vielleicht vermittelt sie uns einen neuen Gesichtspunkt, was dieses sonderbare Dreieck betrifft.«

Gefaßt kam Mary Aldin herein und setzte sich. Hinter ihrer äußeren Ruhe war Sorge zu spüren.

Sie beantwortete Leachs Fragen und bestätigte Neviles Aussagen. Gegen zehn Uhr sei sie zu Bett gegangen.

»Da befand sich Mr. Strange bei Lady Tressilian, nicht wahr?«

»Jawohl. Ich hörte die beiden reden.«

»Reden oder streiten?«

Sie errötete, antwortete jedoch ruhig: »Lady Tressilian diskutierte sehr gern, verstehen Sie. Sie machte oft einen bärbeißigen Eindruck, obwohl sie es meist gar nicht so schlimm meinte. Außerdem war sie ein bißchen herrschsüchtig – und ein Mann läßt sich das nicht so leicht gefallen wie eine Frau.«

Wie du zum Beispiel, dachte Battle.

»Halten Sie mich bitte nicht für einfältig«, fuhr sie fort, »aber ich kann es einfach nicht fassen, daß Sie einen Bewohner des Hauses verdächtigen. Warum sollte es nicht ein Außenstehender gewesen sein?«

»Aus mehreren Gründen, Miss Aldin. Erstens einmal wäre es sehr schwierig, in dieses Haus einzubrechen, ohne Spuren zu hinterlassen. Und dann muß der Täter gewußt haben, daß Barrett jeden Abend einen Absud von Sennesschoten einnimmt. Hinzu kommt außerdem, daß der Golfschläger aus dem Schrank unter der Treppe genommen wurde. All das deutet klar darauf hin, daß der Täter kein Außenstehender gewesen sein kann.«

»Nevile hat es nicht getan! Ich bin ganz sicher, daß Nevile es nicht getan hat!«

»Wieso sind Sie so sicher?«

Hilflos hob sie die Hände.

»Es wäre ganz unmöglich – Nevile kann doch nicht eine wehrlose, alte Frau töten . . . Nevile!«

»Sie würden sich wundern, wenn Sie wüßten, wozu die Menschen fähig sind, falls sie einen Beweggrund haben. Vielleicht hat Mr. Strange dringend Geld gebraucht.«

»Bestimmt nicht. Er ist kein Verschwender.«

»Aber seine Frau ist eine Verschwenderin.«

»Kay? Ja, vielleicht. Aber . . . nein, es ist zu absurd. Nevile hat ganz andere Sorgen gehabt.«

»So?«

»Aber das hat gar nichts mit dieser entsetzlichen Angelegenheit zu tun.«

»Sicher nicht, doch möchte ich trotzdem Ihre Ansicht darüber hören, Miss Aldin.«

Mary sagte langsam: »Ach, es entstand eine ziemlich schwierige Situation. Wer auch auf den Gedanken gekommen sein mag . . .«

Battle unterbrach: »War es nicht Mr. Stranges Einfall?«

»Ja, das sagte er.«

»Aber Sie glauben es nicht?«

»Ich weiß nicht recht. Ich dachte schon, jemand anders hätte ihn vielleicht darauf gebracht.«

»Mrs. Audrey Strange vielleicht?«

»Das glaube ich nicht.«

»Wer sonst?«

Mary zuckte verlegen die Schultern.
»Ich weiß nicht. Es war alles so sonderbar. Eine ständige Drohung lag in der Luft. Wir haben alle darunter gelitten, sogar Mr. Latimer . . .«
»Auf Mr. Latimer, wollte ich gerade zu sprechen kommen. Was wissen Sie von ihm?«
»Eigentlich nicht sehr viel. Er ist ein Freund von Kay.«
»Kennt sie ihn schon lange?«
»Ja, sie kannte ihn schon als junges Mädchen.«
»Und Mr. Strange – mag er ihn?«
»O ja, ich glaube schon.«
»Diesbezüglich gibt es keine Schwierigkeiten?« fragte Battle behutsam.
Rasch und nachdrücklich antwortete Mary: »Gewiß nicht!«
»Mochte Lady Tressilian Mr. Latimer?«
»Nicht sehr.«
Marys kühler Ton diente Battle als Warnung, und er wechselte das Thema.
»Was dieses Mädchen, Jane Barrett, betrifft – ist sie schon lange im Hause? Halten Sie sie für vertrauenswürdig?«
»O ja, vollkommen. Sie ist schon lange bei uns und war Lady Tressilian sehr ergeben.«
Battle lehnte sich zurück.
»Sie halten es also nicht für möglich, daß Barrett Lady Tressilian umbrachte und sich dann selber betäubte, um allen Verdacht von sich abzulenken?«
»Natürlich nicht. Weshalb sollte sie das getan haben?«
»Sie erbt ein Legat, verstehen Sie.«
»Ich ebenfalls«, entgegnete Mary. Sie blickte Battle unverwandt an.
»Ja, Sie ebenfalls. Wissen Sie, wieviel?«
»Ja, Mr. Trelawny ist vorhin gekommen. Er sagte es mir.«
»Vorher wußten Sie es nicht?«
»Nein. Ich vermutete allerdings, daß ich etwas erben würde, denn Lady Tressilian ließ manchmal eine Andeutung fallen. Ich besitze selber nur sehr wenig. Nicht genug, um davon leben zu können. Nun brauche ich keinem Broterwerb mehr

nachzugehen ... Übrigens wußte ich natürlich, daß Sir Matthews Vermögen an Nevile und seine Frau gehen würde.«
Nachdem Mary das Zimmer verlassen hatte, bemerkte Leach zu Battle: »Sie wußte also nicht, wieviel sie erben würde. Wenigstens sagt sie das.«
»Ja, das sagt sie«, nickte Battle. »Und nun kommt Casanovas erste Frau an die Reihe.«

29

Audrey trug ein hellgraues Kleid, in dem sie so blaß und geisterhaft aussah, daß Battle an Kays Worte denken mußte: »Wie ein graues Gespenst kroch sie herum.«
Sie beantwortete seine Fragen geradeheraus und ohne ein Zeichen der Bewegung.
Ja, sie sei um zehn Uhr zu Bett gegangen, zur gleichen Zeit wie Miss Aldin. Während der Nacht habe sie nichts gehört.
»Entschuldigen Sie bitte, daß ich mich in Privatangelegenheiten mische«, sagte Battle, »aber wie kommt es eigentlich, daß Sie sich hier aufhalten?«
»Ich bin immer um diese Jahreszeit hier. Diesmal wollte mein ... mein geschiedener Mann, daß ich zur selben Zeit wie er herkäme, und er fragte mich, ob ich etwas dagegen hätte.«
»Es war also sein Vorschlag?«
»Ja.«
»Nicht Ihrer?«
»O nein.«
»Aber Sie erklärten sich einverstanden?«
»Ja, ich war einverstanden. Ich ... ich meinte, daß ich mich nicht gut weigern könnte.«
»Warum nicht, Mrs. Strange?«
Ihre Antwort war wenig aufschlußreich.
»Man ist doch nicht gern unhöflich.«
»Ihr Mann war der schuldige Teil, nicht wahr?«

»Wie bitte?«
»Sie beantragten die Scheidung?«
»Ja.«
»Hegen Sie – entschuldigen Sie die Frage – irgendwelchen Groll gegen ihn?«
»Nein, nicht den geringsten.«
»Sie sind kein nachtragender Mensch, Mrs. Strange.«
Sie gab darauf keine Antwort.
Battle versucht es abermals mit dem Schweigen, aber Audrey war nicht Kay – sie ließ sich dadurch nicht zum Sprechen bringen. Sie blieb stumm, ohne Unsicherheit zu verraten.
Battle mußte sich geschlagen geben.
»Sie stehen mit der gegenwärtigen Mrs. Strange auf freundschaftlichem Fuß, nicht wahr?«
»Ich glaube nicht, daß sie mich sehr liebt.«
»Mögen Sie sie?«
»Ja. Ich finde sie sehr schön.«
»Ich danke Ihnen, Mrs. Strange. Das wäre alles.«
Audrey erhob sich und ging zur Tür. Doch dann zögerte sie und kam zurück.
»Ich möchte noch etwas sagen . . .« Sie sprach hastig und nervös. »Sie meinen, daß Nevile es getan hat . . . daß er sie wegen der Erbschaft getötet hat. Ich bin sicher, daß es sich nicht so verhält. Ich kenne ihn. Ich war acht Jahre mit ihm verheiratet, müssen Sie bedenken. Nevile könnte um des Geldes willen niemals einen Menschen töten. Dazu macht er sich aus Geld viel zu wenig. Ich weiß, daß meine Aussage nicht sehr ins Gewicht fällt, aber ich wünschte, Sie würden mir glauben.«
Sie wandte sich um und eilte hinaus.
»Und was hältst du von dieser Frau?« fragte Leach. »Noch nie in meinem Leben habe ich einen so teilnahmslosen Menschen gesehen.«
»Jedenfalls zeigt sie kein Gefühl«, erwiderte Battle. »Aber sie hat Gefühl. Ganz ausgesprochen sogar. Und ich weiß nicht, von welcher Art ihr Gefühl ist . . .«

Thomas Royde kam als letzter. Aufrecht und ernst saß er da, ein wenig wie eine Eule blinzelnd.
Zum ersten Mal seit acht Jahren sei er von Indonesien auf Heimaturlaub gekommen. Seit seiner Kindheit verlebte er seine Ferien im »Möwennest«. Mrs. Audrey Strange sei eine Kusine von ihm, seit ihrem neunten Jahr sei sie im Haus seiner Eltern aufgewachsen. Am vergangenen Abend habe er sich gegen elf Uhr auf sein Zimmer zurückgezogen. Ja, er habe Nevile Strange fortgehen hören, aber ihn nicht gesehen. Nevile sei ungefähr um zehn vor halb elf oder etwas später weggegangen. Er selbst habe sich im Garten aufgehalten, als Lady Tressilians Leiche entdeckt wurde. Er sei ein Frühaufsteher.
Es entstand eine Pause.
Dann sagte Battle: »Miss Aldin machte uns darauf aufmerksam, daß hier im Hause eine gewisse Spannung geherrscht hat. Haben Sie das auch gemerkt?«
»Eigentlich nicht. Aber ich merke nie viel.«
Das ist eine Lüge, dachte Battle. Du merkst eine ganze Menge, glaube ich, mehr als die meisten Menschen.
Über Neviles finanzielle Verhältnisse wußte Thomas nicht Bescheid. Er habe allerdings nicht den Eindruck gehabt, daß Nevile knapp bei Kasse gewesen sei.
»Kennen Sie die zweite Mrs. Strange näher?« forschte der Inspektor.
»Ich habe sie erst hier kennengelernt.«
Battle spielte seine letzte Karte aus.
»Sie wissen wahrscheinlich, Mr. Royde, daß wir Mr. Stranges Fingerabdrücke auf dem Golfschläger gefunden haben. Außerdem hat der Anzug, den er gestern abend trug, am Ärmel Blutflecke.«
Thomas nickte.
»Das hat er uns erzählt«, murmelte er.
»Ich frage Sie ganz offen: Glauben Sie, daß er der Mörder ist?«

Thomas liebte es nicht, gedrängt zu werden. Er wartete eine Minute – ziemlich lange Zeit also –, bevor er antwortete: »Weiß nicht, warum Sie mich das fragen, Inspektor. Das geht mich nichts an. Es ist Ihre Sache. Eigentlich würde ich es nicht annehmen.«

»Wissen Sie, wer es getan haben könnte?«

Thomas schüttelte den Kopf.

»Der einzige Mensch, dem ich es zutrauen würde, kann es unmöglich getan haben.«

»Und wer ist das?«

Aber Thomas schüttelte noch entschiedener den Kopf.

»Das sage ich nicht. Nur meine Privatmeinung.«

»Es ist Ihre Pflicht, der Polizei behilflich zu sein.«

»Ich bin bereit, Ihnen Tatsachen mitzuteilen. Das ist keine Tatsache. Nur so ein Gedanke. Außerdem sachlich unhaltbar.«

Nachdem Thomas gegangen war, sagte Leach: »Aus dem haben wir nicht viel herausbekommen.«

»Nein, wahrhaftig nicht«, stimmte Battle zu. »Er hat einen ganz bestimmten Gedanken. Möchte wissen, was für einen. Hinter diesem Verbrechen steckt etwas ganz Besonderes, mein Junge . . .«

Das Telefon läutete, bevor Leach antworten konnte. Er nahm den Hörer ab und lauschte. Dann sagte er »Danke vielmals« und legte wieder auf.

»Das Blut an dem blauen Rock ist Menschenblut«, berichtete er, »und gehört der gleichen Blutgruppe an wie das der Ermordeten. Sieht wirklich so aus, als ob Nevile Strange unser Mann wäre.«

Battle war zum Fenster gegangen und blickte mit angespanntem Interesse hinaus.

»Ein bemerkenswert gutaussehender junger Mann ist da draußen«, bemerkte er. »Ein gutaussehender Mann, der etwas Verdächtiges an sich hat. Schade, daß Mr. Latimer – ich habe nämlich das Gefühl, daß es Mr. Latimer ist – gestern abend drüben im Hotel Easterhead war. Er ist der Typ, der seine eigene Großmutter umbringen würde, wenn er sicher

wäre, nicht erwischt zu werden und einen Vorteil davon zu haben.«
»Na, Lady Tressilians Tod bringt ihm jedenfalls nicht den geringsten Gewinn«, versetzte Leach.
Wieder klingelte das Telefon, und mit einem Fluch nahm er den Hörer ab.
»Ah, Sie sind's, Doktor. – So? Sie ist also zu sich gekommen? – Was? Was?«
Er wandte den Kopf.
»Onkel, komm und hör dir das mal an.«
Battle ging hin und ergriff den Hörer. Während er lauschte, blieb sein Gesicht wie immer ganz ausdruckslos.
Dann sagte er zu Leach: »Hol Nevile Strange her, Jim.«
Als Nevile hereinkam, legte der Inspektor gerade den Hörer auf. Nevile, der blaß und angegriffen aussah, blickte Battle neugierig an und versuchte, in seiner undurchdringlichen Miene zu lesen.
»Sagen Sie, Mr. Strange«, begann Battle, »wissen Sie, ob es einen Menschen gibt, der Sie sehr haßt?«
Nevile starrte ihn an und schüttelte den Kopf.
»Sicher nicht?«
Battles Ton war sehr eindringlich.
Nevile saß kerzengerade da.
»Nein, wirklich nicht.«
»Denken Sie scharf nach, Mr. Strange. Vielleicht haben Sie jemanden irgendwie verletzt oder beleidigt . . .«
Nevile errötete.
»Es gibt nur einen Menschen, dem ich weh getan habe, und das ist meine erste Frau. Aber ich versichere Ihnen, daß sie mich nicht haßt. Sie . . . sie ist ein Engel.«
Der Inspektor lehnte sich über den Tisch.
»Hören Sie, Mr. Strange, Sie haben Glück. Mir gefielen die Indizien, die auf Sie hinwiesen, keineswegs, aber sie wiesen ganz entschieden auf Sie hin! Das Gericht hätte Sie aufgrund der Indizien zum Tode verurteilt.«
»Sie sprechen, als ob das alles der Vergangenheit angehört?« sagte Nevile fragend.

»Es gehört der Vergangenheit an, Mr. Strange. Durch reinen Zufall sind Sie gerettet.«
Nevile blickte Battle forschend an.
»Nach Ihrem Weggang gestern abend läutete Lady Tressilian nach ihrem Mädchen«, berichtete Battle.
Er beobachtete Nevile, während der junge Mann die Worte in sich aufnahm.
»Nach meinem Weggang. Dann sah Barrett sie also . . .«
»Jawohl, lebend und wohlauf. Barrett sah Sie auch aus dem Haus gehen, bevor sie sich zu ihrer Herrin begab.«
»Aber der Golfschläger . . . meine Fingerabdrücke . . .«
»Lady Tressilian wurde nicht mit dem Golfschläger getötet. Dr. Lazenby hatte gleich seine Bedenken, wie ich schon bemerkte. Sie wurde mit einem anderen Gegenstand erschlagen. Den Golfschläger hat der Täter nur dagelassen, um den Verdacht auf Sie zu lenken. Vielleicht war es jemand, der Sie mit Lady Tressilian streiten hörte und meinte, Sie seien ein geeignetes Opfer, oder aber es bestand ein anderer Grund . . .«
Der Inspektor machte eine Pause, dann wiederholte er seine Frage:
»Gibt es einen Menschen hier im Hause, der Sie haßt, Mr. Strange?«

31

»Ich möchte Sie etwas fragen, Doktor«, sagte Battle.
Sie befanden sich nun im Haus des Arztes, nachdem sie im Krankenhaus gewesen waren, um Jane Barrett kurz zu verhören.
Barrett war schwach und erschöpft gewesen, aber bei klarem Bewußtsein.
Nachdem sie ihren Sennesschoten-Absud getrunken hatte, wollte sie gerade zu Bett gehen, als Lady Tressilian läutete. Sie hatte auf die Uhr gesehen – fünf Minuten vor halb elf.

Sie zog ihren Morgenrock über und ging hinunter. Unten in der Halle vernahm sie ein Geräusch, und sie blickte übers Geländer.
»Es war Mr. Strange, der seinen Regenmantel vom Garderobenständer nahm, um auszugehen.«
»Was für einen Anzug hatte er an?«
»Einen grauen. Er sah bekümmert und unglücklich aus. Er schlüpfte in den Mantel, als wäre es ihm ganz gleichgültig, wie er ihn anzog. Dann verließ er das Haus und schlug die Tür hinter sich zu. Ich begab mich zu Lady Tressilian. Sie war ganz schläfrig, die Arme, und konnte sich nicht erinnern, warum sie nach mir geläutet hatte – das geschah oft. Ich brachte ihre Kissen in Ordnung, holte ihr ein Glas frisches Wasser und machte es ihr bequem.«
»War sie aufgeregt oder ängstlich?«
»Nein, nur müde. Auch ich war todmüde. Ich ging wieder hinauf und schlief sofort ein.«
So lautete Barretts Bericht, und an ihrem Kummer und ihrem Entsetzen über den Tod ihrer Herrin schien kein Zweifel möglich.
Hierauf fanden sie sich in Lazenbys Haus ein, wo Battle verkündete, daß er den Arzt etwas fragen wollte.
»Ich stehe zu Ihrer Verfügung«, erwiderte Lazenby.
»Um wieviel Uhr ist Lady Tressilian Ihrer Meinung nach gestorben?«
»Das sagte ich Ihnen ja schon. Zwischen zehn und zwölf Uhr nachts.«
»Ja, aber ich möchte gern wissen, was Sie persönlich glauben.«
»Ich würde vermuten, daß der Tod um elf Uhr herum eingetreten ist.«
»Das wollte ich nur hören«, sagte Battle.
»Es freut mich, wenn ich Ihnen helfen kann. Und wie kommen Sie darauf?«
»Mir behagte der Gedanke von Anfang an nicht, daß sie vor zwanzig nach zehn gestorben sein sollte. Denken Sie an Barretts Schlafmittel – das hätte zu dieser Zeit noch nicht ge-

wirkt. Das Schlafmittel weist darauf hin, daß der Täter den Mord zu einem späteren Zeitpunkt plante – im Laufe der Nacht – Mitternacht würde mir noch besser passen.«
»Könnte möglich sein. Elf Uhr ist ja nur eine Vermutung meinerseits.«
»Aber später als Mitternacht wäre keinesfalls in Betracht zu ziehen?«
»Ausgeschlossen.«
»Halb drei wäre nicht möglich?«
»Lieber Himmel, nein!«
»Nun, demnach wäre Nevile Strange also auszuschließen. Ich werde seine Aussagen noch überprüfen. Wenn er die Wahrheit gesagt hat, können wir ihn endgültig streichen. Dann müssen wir unsere übrigen Verdächtigen näher unter die Lupe nehmen.«
»Die übrigen Erben?« fragte Leach.
»Vielleicht«, antwortete Battle. »Aber eigentlich halte ich das nicht für den springenden Punkt. Ich suche jemanden, der einen Sparren hat.«
»Einen Sparren?«
»Einen üblen Sparren.«

Vom Arzthaus aus gingen sie zur Fähre, die von zwei Brüdern, Will und George Barnes, betrieben wurde. Die beiden Brüder kannten alle Leute in Saltcreek vom Sehen und auch die meisten Menschen, die von Easterhead-Bucht herüberkamen. George sagte sofort aus, daß Mr. Strange vom »Möwennest« sich am vergangenen Abend hatte übersetzen lassen. Nein, zurückgebracht habe er ihn nicht. Die letzte Fähre sei vom Easterhead-Ufer um halb zwei abgegangen, und Mr. Strange habe sie nicht benutzt.
Battle fragte ihn, ob er Mr. Latimer kenne.
»Latimer? Latimer? Ein gutaussehender, großer junger Herr, der sich manchmal vom Hotel zum ›Möwennest‹ übersetzen läßt? Ja, den kenne ich. Aber gestern abend hab ich ihn nicht gesehen. Heute hat er sich übersetzen lassen und ist mit der vorigen Fähre zurückgekommen.«

Sie ließen sich übersetzen und gingen zum Hotel Easterhead hinauf, wo sie Ted Latimer trafen.
Er war sofort bereit, den beiden Beamten Rede und Antwort zu stehen.
»Ja, Nevile kam gestern abend. Er sah aus, als ob er sich über etwas Gedanken machte, und er sagte mir, er habe mit seiner Tante einen Streit gehabt. Soviel ich weiß, hat er sich auch mit Kay gestritten, aber davon ließ er natürlich nichts durchblicken. Er war überhaupt ein bißchen wortkarg. Ausnahmsweise schien er sich über meine Gesellschaft zu freuen.«
»Er hat Sie nicht sofort gefunden, stimmt das?«
Ted erwiderte scharf: »Weiß nicht, wieso. Ich saß auf der Veranda. Strange sagte, er habe hinausgeschaut und mich nicht gesehen; allerdings war er nicht in bester Verfassung – etwas zerstreut. Vielleicht hielt ich mich auch gerade für ein paar Minuten im Garten auf. Ich verziehe mich oft nach draußen, wenn ich kann. Hier im Hotel herrscht so ein scheußlicher Geruch. Gestern abend fiel mir das in der Bar auf. Die Rohrleitung, glaube ich. Nevile Strange bemerkte es ebenfalls. Möglich, daß irgendwo im Billardzimmer eine tote Ratte liegt.«
»Sie spielten also Billard. Und was taten Sie dann?«
»Oh, wir plauderten miteinander und tranken ein oder zwei Gläschen. Dann stellte Nevile fest, daß er die letzte Fähre verpaßt hatte, und ich holte meinen Wagen, um ihn heimzufahren. Gegen halb drei kamen wir an.«
»Mr. Strange war den ganzen Abend mit Ihnen zusammen?«
»Ja. Sie können sich erkundigen.«
»Besten Dank, Mr. Latimer. Wir werden dieser Aufforderung nachkommen.«
Als sie den lächelnden, selbstbewußten jungen Mann verlassen hatten, frage Leach:
»Warum prüfst du Stranges Alibi eigentlich so genau nach?«
Battle lächelte nur als Antwort.
Plötzlich ging dem Neffen ein Licht auf.
»Ach so, du forschst dem andern nach! Das ist also deine Theorie.«

»Für Theorien ist es noch zu früh«, gab der Inspektor zurück. »Ich will nur feststellen, wo Ted Latimer sich gestern abend aufgehalten hat. Wir wissen, daß er von Viertel nach elf an in Nevile Stranges Gesellschaft war, aber wo steckte er vorher – als Strange herkam und ihn nicht finden konnte?«
Sie befragten Kellner, Liftjungen und sonstige Hotelangestellte. Zwischen neun und zehn war Latimer auf der Veranda gesehen worden. Um Viertel nach zehn hatte er in der Bar gesessen. Dann aber klaffte bis zwanzig nach elf eine Lücke. Doch schließlich sagte eines der Mädchen aus, Mr. Latimer sei mit Mrs. Beddoes – »der dicken Dame, die aus dem Norden stammt« – im Schreibzimmer gewesen.
Als Battle dem Mädchen zusetzte, die genaue Zeit anzugeben, erhielt er die Auskunft, sie glaube, daß es ungefähr elf Uhr gewesen sei.
»Da haben wir's«, sagte der Inspektor düster. »Er war tatsächlich hier. Vielleicht wollte er die Aufmerksamkeit nicht auf seine dicke und zweifellos reiche Freundin lenken. Somit wären wir wieder bei den andern gelandet – den Bediensteten, Kay Strange, Audrey Strange, Mary Aldin und Thomas Royde. Einer von ihnen hat Lady Tressilian getötet – aber wer? Wenn wir doch nur das wirkliche Mordinstrument finden könnten . . .«
Er brach ab und schlug sich auf die Stirn.
»Ha, jetzt weiß ich, wieso ich an Hercule Poirot denken mußte! Komm, mein Junge, wir wollen eine Kleinigkeit essen und dann ins ›Möwennest‹ zurückgehen, und dort werde ich dir etwas zeigen.«

32

Mary Aldin lief unruhig hin und her, ging hinaus, pflückte da und dort ein paar Dahlien, kehrte ins Wohnzimmer zurück, stellte die Blumen in eine Vase und zupfte sinnlos daran herum.

Aus der Bibliothek drang Stimmengemurmel. Dort hielt sich der Anwalt Trelawny mit Nevile auf. Kay und Audrey waren nirgends zu sehen.
Mary begab sich abermals in den Garten. Unten bei der Mauer erspähte sie Thomas Royde, der friedlich seine Pfeife rauchte. Sie gesellte sich zu ihm, und mit einem tiefen Seufzer ließ sie sich neben ihm nieder.
»Ist etwas los?« fragte Thomas.
Mary lachte mit einem leicht hysterischen Unterton.
»So etwas kannst auch nur du sagen. Ein Mörder im Haus, und da fragst du, ob etwas los ist!«
Thomas blickte erstaunt drein.
»Ich meinte, etwas Neues?«
»Ach, es tut richtig gut, dich so gelassen reden zu hören!«
»Vielleicht tu ich das, weil ich ein Außenseiter bin.«
»Ja, das stimmt. Du kannst nicht die gleiche Erleichterung empfinden wie wir, weil Nevile nun aus der Sache raus ist.«
»Natürlich freue ich mich darüber.«
Mary schauderte.
»Er war wirklich nahe daran ... Wenn Camilla nicht auf den Gedanken gekommen wäre, nach Neviles Fortgang die Glocke zu läuten ...«
»Dann wäre es um Nevile geschehen gewesen«, vollendete Thomas den Satz. Er sprach mit einer gewissen grimmigen Befriedigung, und als er Marys vorwurfsvollen Blick bemerkte, schüttelte er mit einem leichten Lächeln den Kopf.
»Ich bin nicht so herzlos, wie es scheint, aber da Nevile jetzt aus dem Schneider ist, kann ich nicht umhin, mich zu freuen, daß er mal aufgerüttelt wurde. Er tut immer so verdammt selbstgefällig.«
»Das ist er aber gar nicht, Thomas.«
»Möglich, aber er wirkt so. Und heute morgen sah er zu Tode erschrocken aus! Na, er hat auch diesmal wieder Glück gehabt. Jedem andern wäre es angesichts dieses Beweismaterials an den Kragen gegangen.«
Wieder schauderte Mary.

»Ach, sag das nicht. Ich klammere mich an den Gedanken, daß die Unschuldigen unter einem Schutz stehen.«
»Glaubst du das wirklich, Marylein?«
Seine Stimme klang freundlich.
Mary sprudelte unvermittelt hervor.
»Thomas, ich mache mir solche Sorgen ... wegen Mr. Treves ...«
Thomas ließ seine Pfeife auf die Steine fallen. Seine Stimme hatte einen anderen Klang, als er sich bückte, um die Pfeife wieder aufzuheben.
»Was ist denn mit Mr. Treves?«
»An dem Abend, als er hier war ... die Geschichte, die er erzählte ... von dem kleinen Mörder! Ich frage mich dauernd, Thomas ... War es nur eine schaurige Anekdote? Oder erzählte er eine wahre Geschichte mit ganz bestimmter Absicht?«
»Du meinst, ob er wohl auf jemanden abzielte, der sich im Zimmer befand?«
»Ja«, hauchte Mary.
Thomas erwiderte ruhig: »Das hab ich mich auch schon gefragt. Tatsächlich dachte ich gerade darüber nach, als du herkamst.«
Mary schloß die Augen.
»Ich versuche mir den ganzen Hergang wieder zu vergegenwärtigen ... Er lenkte das Gespräch so willkürlich darauf. Und er sagte, daß er die Person wiedererkennen würde. Das betonte er ausdrücklich. Warum wohl?«
»Ich glaube«, sagte Thomas, »es sollte eine Warnung sein. Damit der Betreffende nichts unternahm.«
»Meinst du, Treves hat gewußt, daß Camilla ermordet werden sollte?«
»Nein«, antwortete Thomas gedehnt. »Das ist doch wohl etwas zu phantastisch. Es sollte wahrscheinlich nur eine allgemeine Warnung sein.«
»Glaubst du, daß wir der Polizei davon Mitteilung machen müßten?«
Thomas überlegte.

»Das glaube ich nicht«, gab er schließlich zurück. »Das würde zu nichts führen. Etwas anderes wäre es, wenn Treves noch lebte und selber eine Aussage machen könnte.«
»Und das kann er nicht. Er ist tot!«
Abermals schauderte Mary.
»Merkwürdig, wie er gestorben ist.«
»Herzschlag. Er war herzleidend.«
»Ich meine die seltsame Sache mit dem Lift, der außer Betrieb war. Mir gefällt das nicht.«
»Mir gefällt das auch nicht besonders«, sagte Thomas.

33

Inspektor Battle blickte sich in dem Schlafzimmer um. Das Bett war gemacht worden, sonst zeigte der Raum keinerlei Veränderung.
»Das ist's«, sagte Battle und wies auf das altmodische eiserne Kamingitter, »fällt dir etwas daran auf?«
»Es sollte gereinigt werden«, antwortete Jim Leach. »Sonst ist nichts Auffallendes zu sehen, außer ... ja, der Knauf der linken Seite glänzt mehr als der auf der rechten.«
»Das ist der Grund, warum mir Hercule Poirot in den Sinn kam«, sagte Battle. »Du kennst ja sein Steckenpferd – alles, was nicht symmetrisch ist, regt ihn auf. Vermutlich dachte ich die ganze Zeit im Unterbewußtsein: Das würde den alten Poirot aus dem Häuschen bringen, und so begann ich, von ihm zu reden. Holen Sie Ihre Utensilien, Jones, wir wollen die Fingerabdrücke an den beiden Knäufen untersuchen.«
Jones erstattete schon bald Bericht.
»Auf dem rechten Knauf sind Abdrücke, Inspektor, auf dem linken jedoch keine.«
»Dann brauchen wir den linken. Die Fingerabdrücke auf dem rechten stammen vom Dienstmädchen. Der linke Knauf ist nach dem letzten Saubermachen abgewischt worden.«
»Im Papierkorb war ein Stückchen zerknittertes Schmirgel-

papier«, erklärte Jones. »Ich dachte, das hätte nichts weiter zu bedeuten.«
»Weil Sie nicht wußten, was wir suchen. Na, ich wette, daß sich der Knauf abschrauben läßt ... ja, dachte ich mir's doch.«
Jones hielt den Knauf in der Hand und wog ihn. »Ein ganz hübsches Gewicht.«
Leach, der sich darüber beugte, sagte: »Da ist etwas Dunkles – am Gewinde.«
»Blut, ganz bestimmt«, murmelte Battle. »Der Knauf wurde gesäubert und sorgsam abgewischt, aber den Fleck am Gewinde hat man übersehen. Das ist die Waffe, mit der die alte Dame ermordet wurde. Aber es gibt noch mehr zu suchen. Jones, Sie müssen das ganze Haus noch mal durchkämmen. Diesmal passen Sie aber bitte etwas besser auf.«
Mit kurzen Worten erklärte der Inspektor die Einzelheiten. Dann ging er zum Fenster und lehnte sich hinaus.
»Da steckt etwas Gelbes im Efeu. Das ist sicher wieder ein Teilchen zu unserem Mosaik.«
Als Inspektor Battle die Halle durchquerte, trat ihm Mary in den Weg.
»Kann ich Sie kurz sprechen, Inspektor?«
»Gewiß, Miss Aldin. Darf ich bitten?«
Er öffnete die Tür zum Eßzimmer. Hurstall hatte den Mittagstisch schon abgeräumt.
»Ich möchte Ihnen etwas sagen, Inspektor, das Sie meiner Meinung nach wissen sollten«, begann Mary.
Ohne Umschweife berichtete sie dann von Treves' Besuch und von der Geschichte, die er erzählt hatte. Battle hörte mit größter Aufmerksamkeit zu.
»Er sagte, er würde den Betreffenden wiedererkennen? Was war es übrigens – ein Mann oder eine Frau?«
»Ich hatte das Gefühl, daß es sich um einen Knaben handeln müßte, so wie die Geschichte lief, aber wenn ich mich recht erinnere ... ja, jetzt weiß ich's wieder, Mr. Treves betonte ausdrücklich, daß er weder Alter noch Geschlecht angeben wolle.«

»Tatsächlich? Das könnte unter Umständen wichtig sein. Und er sagte, daß er das Kind aufgrund eines besonderen körperlichen Merkmals jederzeit wiedererkennen würde?«
»Ja.«
»Vielleicht eine Narbe ... Hat jemand hier im Hause eine Narbe?«
Battle beobachtete, daß Mary kurz zögerte, bevor sie antwortete: »Nein, mir ist nichts dergleichen aufgefallen.«
Er lächelte.
»Los, los, Miss Aldin. Es ist Ihnen etwas aufgefallen. Meinen Sie nicht, daß ich es auch selber merken würde?«
Sie schüttelte den Kopf.
»Mir ist ... mir ist nichts dergleichen aufgefallen.«
Aber er erkannte, daß sie erschrocken und erregt war. Offensichtlich hatten seine Worte einen sehr unangenehmen Gedanken in ihr wachgerufen. Er hätte gern gewußt, worum es sich dabei handelte, aber seine Erfahrung sagte ihm, daß er Mary Aldin jetzt ganz vergeblich zusetzen würde.
Er brachte das Gespräch wieder auf Treves.
Mary erzählte ihm die tragische Fortsetzung des Abends.
Battle stellte ihr noch einige Fragen, dann sagte er ruhig: »Das ist ein ganz neuer Fall für mich.«
»Wie meinen Sie das?«
»Noch nie ist mir ein Mörder untergekommen, der seine Tat beging, indem er ganz einfach ein Schild an einen Lift hängte.«
Sie blickte ihn entsetzt an.
»Glauben Sie wirklich ...?«
»Daß es ein Mord war? Natürlich! Eine rasche Tat, die nicht weiter schwierig war. Ebensogut hätte sie erfolglos sein können, aber zufällig hatte sie Erfolg.«
»Nur weil Mr. Treves wußte ...«
»Ja, weil er in der Lage gewesen wäre, unsere Aufmerksamkeit auf eine bestimmte Person zu lenken. So aber tappten wir anfangs im dunkeln. Jetzt haben wir einen kleinen Lichtschein, und mit jeder Minute wird es heller. Ich will Ihnen etwas sagen, Miss Aldin – der Mord an Lady Tressilian, war

bis in die kleinste Einzelheit geplant. Und ich bitte Sie, folgendes zu beherzigen: Lassen Sie keinen Menschen wissen, daß Sie mir den Vorfall mit Mr. Treves erzählt haben. Das ist wichtig. Keinen Menschen, wohlverstanden!«
Mary nickte. Sie sah noch immer ganz benommen aus. Inspektor Battle verließ das Zimmer und machte sich daran, das zu tun, was er vorgehabt hatte, als Mary Aldin ihn angesprochen hatte. Er war ein systematischer Mensch. Er wollte eine bestimmte Auskunft haben, und davon konnte ihn nichts abbringen.
Er klopfte an die Tür zur Bibliothek, und Neviles Stimme rief: »Herein!«
Battle wurde mit dem Anwalt Trelawny bekannt gemacht, einem großen, vornehm aussehenden Mann mit durchdringend blickenden dunklen Augen.
»Entschuldigen Sie bitte die Störung«, sagte der Inspektor höflich, »aber ich möchte gern etwas klarstellen. Sie, Mr. Strange, erben die eine Hälfte des Vermögens Ihres Onkels ... und wer erbt die andere Hälfte?«
Nevile blickte verwundert drein.
»Das sagte ich Ihnen doch schon. Meine Frau.«
»Ja. Aber ...« Battle hüstelte leicht verlegen. »Welche Frau, Mr. Strange?«
»Ah, ich verstehe. Ja, ich habe mich ungenau ausgedrückt. Das Geld geht an Audrey, die zur Zeit der Testamentsabfassung meine Frau war. Das stimmt doch, nicht wahr, Mr. Trelawny?«
Der Anwalt nickte.
»Das Testament ist ganz klar abgefaßt. Das Vermögen soll zwischen Sir Matthews Mündel, Nevile Strange, und dessen Frau, Audrey Elizabeth Strange, geborene Standish, geteilt werden. Die erfolgte Scheidung ändert nichts daran.«
»Das wäre also klar«, bemerkte Battle. »Ich nehme an, daß Mrs. Audrey Strange das weiß?«
»Gewiß«, antwortete Trelawny.
»Und die gegenwärtige Mrs. Strange?«
»Kay?«

Nevile machte ein etwas überraschtes Gesicht.
»Oh, ich denke, daß sie es ebenfalls weiß. Allerdings habe ich mit ihr nicht weiter darüber geredet . . .«
»Sie werden wohl feststellen, daß sie das Opfer eines Irrtums ist«, sagte Battle. »Sie ist der Meinung, daß das Geld nach Lady Tressilians Tod an Sie und Ihre gegenwärtige Frau geht. Wenigstens gab sie mir das heute vormittag zu verstehen. Deshalb wollte ich den genauen Sachverhalt erfahren.«
»Wie sonderbar!« rief Nevile. »Na, ich kann mir denken, wieso sie darauf gekommen ist. Sie sagte schon, wir würden ›das Geld erben‹, wenn meine Tante stirbt, aber ich nahm an, daß sie den Teil meinte, der mir zusteht.«
»Ja, es geschieht oft, daß zwei Menschen von verschiedenen Voraussetzungen ausgehen, wenn sie über eine Sache sprechen, ohne daß sie das Mißverständnis entdecken.«
»Sicher«, erwiderte Nevile, der an dem Thema nicht weiter interessiert zu sein schien. »In diesem Fall spielt das ja keine große Rolle. Wir sind auf das Geld nicht angewiesen. Für Audrey freut es mich. Sie hat es nicht leicht gehabt, und diese Erbschaft wird manches in ihrem Leben ändern.«
Battle fragte unverblümt: »Müssen Sie ihr denn keinen Unterhalt zahlen?«
Nevile errötete.
Mit gepreßter Stimme versetzte er: »Es gibt so etwas wie . . . wie Stolz, Inspektor. Audrey hat sich geweigert, etwas von mir anzunehmen.«
»Es wurde ihr eine ziemlich beträchtliche Summe pro Monat vom Gericht zugesprochen«, mischte sich Trelawny ein. »Aber sie hat die Überweisung stets zurückgehen lassen.«
»Sehr interessant«, sagte Battle und ging hinaus, bevor ihn jemand um eine nähere Erklärung seiner Bemerkung bitten konnte.
Er gesellte sich zu seinem Neffen, zu dem er äußerte: »Vom finanziellen Standpunkt aus betrachtet, haben fast alle ein Motiv gehabt. Nevile Strange und Audrey Strange erben je fünfzigtausend. Kay Strange ist der Meinung, daß sie fünfzigtausend bekommen wird. Mary Aldin hat nun ein Ein-

kommen, das sie der Sorge um ihren Lebensunterhalt enthebt. Thomas Royde, das muß ich allerdings zugeben, gewinnt nichts. Aber wir können Hurstall und sogar Barrett einschließen. Und doch hat das Geldmotiv nichts mit diesem Fall zu tun, wenn ich mich nicht irre. Ich glaube eher an das Motiv reinen Hasses, falls es so etwas gibt. Und ich müßte mich sehr täuschen, wenn ich die Person, die sich so weit hat treiben lassen, nicht bald erwische!«

34

Andrew MacWhirter saß auf der Terrasse des Hotels Easterhead und blickte über den Fluß auf die Klippe Stark Head, die sich am gegenüberliegenden Ufer dräuend erhob.
Er versuchte, seine eigenen Gedanken und Gefühle zu ergründen. Er wußte nicht recht, was ihn eigentlich bewogen hatte, an diesem Ort seinen letzten freien Tag zu verbringen. Doch etwas hatte ihn hierhergezogen. Vielleicht der Wunsch, sich selbst zu prüfen ... zu sehen, ob in seinem Herzen noch ein Rest der alten Verzweiflung wäre.
Mona? Wie wenig fragte er jetzt nach ihr. Sie hatte den andern geheiratet. Eines Tages hatte er sie auf der Straße getroffen und nicht die geringste Gemütsbewegung verspürt. Er erinnerte sich zwar recht gut an den Kummer und die Bitterkeit, die er empfunden, als sie ihn verließ, aber das alles war nun vorbei. Er wurde aus seinen Gedanken gerissen durch einen nassen Hund und den erschrockenen Ruf seiner neuen Freundin – Miss Diana Brinton, ganze dreizehn Jahre alt.
»Pfui, Don, fort! Fort mit dir! Ist das nicht gräßlich? Er hat sich am Strand auf einem Fisch gewälzt. Man riecht es meilenweit. Der Fisch war gräßlich tot!«
MacWhirters Nase bestätigte diese Feststellung.
»In einer Felsenspalte«, erklärte Diana Brinton weiter. »Ich nahm ihn mit ins Wasser und versuchte, ihn zu waschen, aber das scheint nicht viel genützt zu haben.«

MacWhirter stimmte zu. Don, ein Drahthaarterrier von liebenswürdigem Charakter, sah beleidigt aus, weil seine Freunde ihn auf Armeslänge von sich fernzuhalten trachteten.
»Meerwasser nützt nichts«, sagte MacWhirter. »Heißes Wasser und Seife müssen es sein.«
»Ich weiß. Aber das läßt sich im Hotel nicht so leicht machen. Wir haben kein eigenes Badezimmer.«
Das Ende vom Lied war, daß MacWhirter und Diana den Hund durch einen Nebeneingang in MacWhirters Badezimmer schmuggelten und ihn tüchtig abrubbelten, wobei das ungleiche Paar durch und durch naß wurde. Don bedauerte es sehr, daß er nun nach Seife statt nach Fisch roch.
Der kleine Zwischenfall hatte MacWhirter in fröhlichere Stimmung versetzt. Er fuhr mit dem Bus nach Saltington, wo er einen Anzug von der Reinigung abholen wollte.
Das Mädchen hinter dem Ladentisch blickte ihn leicht verlegen an.
»Mr. MacWhirter? Oh, leider ist Ihr Anzug noch nicht fertig.«
»Er sollte aber längst fertig sein.«
Man hatte ihm den Anzug schon für den vergangenen Tag versprochen.
»Nun, etwas Zeit müssen Sie uns schon lassen«, entgegnete das Mädchen mit ausdruckslosem Lächeln.
»Unsinn!«
»Na, jedenfalls ist der Anzug noch nicht fertig.«
»Dann nehme ich ihn mit, wie er ist.«
»Aber er ist überhaupt noch nicht vorgenommen worden«, wandte das Mädchen ein.
»Das ist mir egal. Ich nehme ihn mit.«
»Morgen hätten Sie ihn in tadellosem Zustand.«
»Nein, geben Sie ihn mir. Ich lasse mich auf keine Versprechungen mehr ein.«
Mit verärgerter Miene begab sich das Mädchen ins Hinterzimmer. Nach kurzer Zeit kehrte es mit einem nachlässig verschnürten Paket zurück, das sie über den Ladentisch schob.
MacWhirter nahm das Paket und ging.
Lächerlicherweise hatte er das Gefühl, einen Sieg errungen zu

haben. Tatsächlich aber mußte er den Anzug nun irgendwoanders reinigen lassen.

Nach seiner Rückkehr ins Hotel warf er das Paket aufs Bett und betrachtete es mit Widerwillen. Vielleicht konnte er den Anzug im Hotel säubern und bügeln lassen. Allzu schlimm sah er ja nicht aus – am Ende bedurfte er noch gar keiner chemischen Reinigung?

Er knüpfte das Paket auf. Sein Gesicht nahm einen zornigen Ausdruck an. Wirklich, diese Reinigung, die angeblich jeden Anzug binnen vierundzwanzig Stunden säuberte, taugte aber auch gar nichts! Das war nicht sein Anzug. Er hatte nicht einmal dieselbe Farbe! Er hatte einen dunkelblauen Anzug abgegeben. Solche Schlamperei.

Gereizt untersuchte er das Schildchen. Es trug ganz richtig den Namen MacWhirter. Gab es noch einen MacWhirter? Oder hatte man die Schildchen verwechselt?

Plötzlich schnüffelte er.

Diesen Geruch kannte er doch ... ein besonders unangenehmer Geruch war's ... irgendwie hing er mit einem Hund zusammen. Richtig, ja ... Fischgestank!

Er beugte sich über den Anzug und betrachtete ihn näher. Da war der Fleck ... an der Schulter des Rockes. An der Schulter ...

Das ist aber wirklich sonderbar ... dachte MacWhirter.

Na, am nächsten Tage wollte er mit dem Fräulein von der Reinigungsanstalt ein Wörtlein reden! So eine Schlamperei!

35

Nach dem Nachtessen schlenderte MacWhirter zur Fähre hinunter. Es war ein klarer, aber kühler Abend, der schon den Vorgeschmack des Winters barg. Der Sommer war vorbei.

MacWhirter ließ sich zum Saltcreek-Ufer übersetzen. Zum zweitenmal suchte er Stark Head auf. Der Ort übte eine gewisse Anziehungskraft auf ihn aus. Langsam ging er den Hang hinauf, am Hotel Balmoral vorbei und dann an einem großen Haus, das sich am Rande einer Klippe erhob. »Möwennest« – las er über der Tür. Natürlich, das war ja das Haus, wo der Mord passiert war. Im Hotel war viel darüber geredet worden, und sein Zimmermädchen hatte ihm alle Einzelheiten erzählt, aber MacWhirter interessierte sich mehr für große Politik als für regionale Verbrechen.

Er schritt weiter, wieder hügelabwärts, dann an einem kleinen Uferstreifen und an Fischerhäusern vorbei. Schließlich ging es abermals hinauf, bis der Weg in einen Pfad mündete, der zum Stark Head führte.

Wenig einladend war es auf dem Stark Head. MacWhirter stand am Rande der Klippe und blickte aufs Wasser hinunter. So hatte er auch an jenem Abend gestanden. Er versuchte, seine damalige Stimmung nachzuempfinden – die Verzweiflung, die ohnmächtige Wut, die Müdigkeit, die Sehnsucht nach einem Ende –, aber es gelang ihm nicht. Er ärgerte sich nur über die erlittene Demütigung, weil der Baum ihn aufgehalten und weil man ihn wie ein ungezogenes Kind ins Krankenhaus gebracht hatte.

Er dachte an Mona, die so hübsch gewesen war und so wenig Vernunft gehabt hatte. Das unbestimmte Bild einer Frau stieg vor ihm auf, einer schönen Frau, die mit flatterndem Gewand durch den Abend schwebte ... ein Idol ...

Und dann geschah das Unglaubliche, geschah mit dramatischer Plötzlichkeit! Aus der Dunkelheit kam eine Gestalt geschwebt. In der einen Sekunde war sie nicht da, in der nächsten erschien sie wieder, eine weiße Gestalt, die lief ... auf den Klippenrand lief sie zu. Eine Gestalt, schön und verzweifelt, von Furien der Vernichtung getrieben! Er kannte diese Verzweiflung ... er wußte, was das zu bedeuten hatte ...

Er löste sich aus dem Schatten und packte sie gerade in der Sekunde, als sie sich hinunterstürzen wollte ...

Heftig sagte er: »Nein, das dürfen Sie nicht!«
Es war, als hielte er einen Vogel. Sie wehrte sich, wehrte sich stumm, und dann war sie unvermittelt, wie ein kleines Tier, ganz still.
»Stürzen Sie sich nicht hinunter!« sagte er drängend. »Das ist sinnlos. Auch wenn Sie sehr unglücklich sind . . .«
Sie ließ ein gespenstisches kleines Lachen hören.
»Sie sind nicht unglücklich? Was ist es denn?«
Leise, atemlos stieß sie hervor: »Ich habe Angst.«
»Angst?«
Er war so erstaunt, daß er sie losließ und einen Schritt zurücktrat, um sie besser betrachten zu können.
Da wurde ihm klar, daß sie die Wahrheit gesagt hatte. Es war Furcht, die sie getrieben hatte. Es war Furcht, die sich auf ihrem blassen Gesicht und in den großen Augen widerspiegelte.
»Wovor haben Sie denn Angst?« fragte er ungläubig.
Sie antwortete so leise, daß er ihre Worte kaum verstehen konnte.
»Ich habe Angst, gehängt zu werden . . .«
Ja, das sagte sie. MacWhirter starrte sie an; dann blickte er zum Klippenrand.
»Deshalb also . . .«
»Ja. Ein schneller Tod anstatt . . .« Schaudernd schloß sie die Augen.
In Gedanken setzte er alle Teilchen logisch zusammen. Schließlich sagte er:
»Lady Tressilian? Die alte Dame, die ermordet wurde . . . Dann sind Sie Mrs. Strange – die erste Mrs. Strange.«
Sie nickte.
MacWhirter versuchte, sich alles Gehörte und Gelesene ins Gedächtnis zu rufen.
»Der Verdacht gegen Ihren Mann wurde fallengelassen, nicht wahr? Sehr viele Beweise für seine Schuld lagen vor, und dann stellte sich heraus, daß jemand den Verdacht auf ihn gelenkt hat . . .«
Er brach ab und betrachtete sie. Sie zitterte nicht mehr, son-

dern stand nur da und sah aus wie ein folgsames Kind. Das rührte ihn zutiefst.

Er fuhr fort: »Ich verstehe ... Ja, nun verstehe ich ... Er verließ Sie wegen einer andern, nicht wahr? Und Sie liebten ihn ... Darum ... ja, ich verstehe. Meine Frau hat mich um eines andern Mannes willen verlassen.«

Sie warf die Arme in die Höhe. Wild hoffnungslos stammelte sie: »So ... so ist es ... war es nicht. Ganz ... ganz und gar nicht.«

Er unterbrach sie in ernstem, befehlendem Ton: »Gehen Sie nach Hause. Sie brauchen keine Angst mehr zu haben. Hören Sie? Ich will dafür sorgen, daß Sie nicht gehängt werden!«

36

Mary lag im Wohnzimmer auf dem Sofa. Sie hatte Kopfschmerzen und fühlte sich ganz zerschlagen.

Gestern hatte die gerichtliche Untersuchung stattgefunden, und nach erfolgter Bestandsaufnahme war die eigentliche Verhandlung um eine Woche verschoben worden.

Lady Tressilians Beerdigung sollte morgen stattfinden. Audrey und Kay waren mit dem Auto nach Saltington gefahren, um sich Trauerkleider zu besorgen. Ted Latimer begleitete sie. Nevile und Thomas machten einen Spaziergang, so daß sich Mary, von den Dienstboten abgesehen, allein im Haus befand.

Inspektor Battle und Sergeant Leach hatten sich heute noch nicht gezeigt, und auch dies bedeutete eine Erleichterung. Es kam Mary so vor, als habe sich mit ihnen ein Schatten verflüchtigt. Sie waren höflich gewesen, recht angenehm sogar, aber ihre unaufhörlichen Fragen konnten einem empfindsamen Menschen schon auf die Nerven gehen.

Jetzt herrschte Ruhe, und Mary entspannte sich. Sie wollte alles, alles vergessen – nur liegen und ausruhen.

»Entschuldigen Sie bitte, Miss Aldin . . .«
Hurstall stand in der Tür und blickte schuldbewußt drein.
»Ja, Hurstall?«
»Ein Herr möchte Sie gern sprechen. Ich habe ihn in die Bibliothek geführt.«
Erstaunt und leicht verärgert richtete Mary sich auf.
»Wer ist es denn?«
»Ein Mr. MacWhirter.«
»Nie gehört. Wird wohl ein Reporter sein. Sie hätten ihn nicht hereinlassen sollen, Hurstall.«
Hurstall hüstelte.
»Ich glaube nicht, daß er Reporter ist, Miss Aldin. Er scheint ein Freund von Mrs. Audrey Strange zu sein.«
»Oh, das ist etwas anderes.«
Mary ging mit müden Schritten in die Bibliothek hinüber. Als der große Mann, der am Fenster stand, sich umdrehte, fühlte sie sich überrascht. Er sah so gar nicht nach einem Freund von Audrey aus.
Trotzdem sagte sie liebenswürdig:
»Es tut mir leid, aber Mrs. Strange ist nicht da. Sie wollten mit ihr sprechen?«
Nachdenklich prüfend musterte er sie.
»Sie sind Miss Aldin.«
»Ja.«
»Nun, Sie können mir wohl ebensogut helfen. Ich möchte gern ein Seil haben.«
»Ein Seil?« wiederholte Mary verblüfft.
»Ja, ein Seil. Irgendwo im Haus wird doch sicher ein Seil aufbewahrt?«
Später dachte Mary, daß sie wohl halb hypnotisiert gewesen sein mußte. Hätte dieser Fremde eine Erklärung vorgebracht, so wäre sie ihm nicht zu Willen gewesen, Andrew MacWhirter aber, dem keinerlei Erklärung einfiel, beschloß, einfach nur seinen Wunsch zu äußern.
Ganz benommen hörte Mary sich selber fragen: »Was für ein Seil möchten Sie denn?«
»Irgendeines.«

»Vielleicht im Geräteschuppen . . .«
Sie führte ihn hin. Dort fanden sich einige aufgerollte Schnüre und ein Bindfaden-Knäuel, doch MacWhirter schüttelte den Kopf. Er wollte ein Seil haben, ein Seil von beträchtlicher Länge und Stärke.
Schließlich fanden sie das Gesuchte, als Mary die Tür des Abstellraumes öffnete. MacWhirter stand auf der Schwelle und blickte hinein.
»Da ist es«, sagte er befriedigt.
Auf einer Kommode gerade neben der Tür lag ein aufgerolltes dickes Seil zusammen mit alten Angelgeräten und einigen mottenzerfressenen Kissen. MacWhirter ergriff Marys Arm und führte sie in den Raum, bis sie vor der Kommode standen.
Er berührte das Seil und sagte: »Ich möchte Sie bitten, sich das zu merken, Miss Aldin. Sie sehen, daß alles ringsum von Staub bedeckt ist. Aber auf dem Seil ist kein Staub. Fassen Sie es mal an.«
»Es fühlt sich ein bißchen feucht an«, antwortete sie in verwundertem Ton.
»Ganz recht.«
Er wandte sich ab, um wieder hinauszugehen.
»Aber das Seil? Ich dachte, Sie wollten es haben.«
Mary war mehr als überrascht.
Er lächelte.
»Ich wollte mich nur überzeugen, daß es da ist. Vielleicht schließen Sie die Tür ab und nehmen den Schlüssel an sich, Miss Aldin? Ich wäre Ihnen dankbar, wenn Sie den Schlüssel Inspektor Battle oder Sergeant Leach aushändigen würden. Er wäre am besten in der Obhut der Polizei aufgehoben.«
Als sie die Treppe hinuntergingen, bemerkte Mary: »Ich verstehe das Ganze nicht.«
»Das ist auch nicht nötig.«
In der Halle angelangt, ergriff MacWhirter ihre Hand und drückte sie herzlich.
»Ich bin Ihnen für Ihre Mitarbeit sehr dankbar.«
Worauf er schnurstracks zur Tür schritt.

Mary fragte sich, ob sie wohl geträumt hatte!
Kurz darauf kamen Nevile und Thomas herein, und gleich nach ihnen kehrte auch das Auto zurück. Mary ertappte sich dabei, daß sie Kay und Ted beneidete, weil die beiden fröhlich aussahen und miteinander scherzten. Aber schließlich, warum auch nicht?, dachte sie. Camilla Tressilian hatte Kay nichts bedeutet. Für ein strahlendes junges Geschöpf war es schwer, die Tragik des Geschehenen zu erfassen.
Gerade hatten sie das Mittagessen beendet, als die Polizeibeamten eintrafen. In Hurstalls Stimme schwang ein erschrockener Unterton, als er meldete, daß Inspektor Battle und Sergeant Leach im Wohnzimmer seien.
Battle begrüßte alle sehr freundlich.
»Hoffentlich störe ich Sie nicht«, sagte er entschuldigend. »Aber ich hätte gern noch ein paar Fragen gestellt. Wem gehört zum Beispiel dieser Handschuh?«
Er hielt einen kleinen gelben Lederhandschuh in die Höhe und wandte sich an Audrey: »Vielleicht Ihnen, Mrs. Strange?«
Audrey schüttelte den Kopf.
»Nein ... nein, mir gehört er nicht.«
»Miss Aldin?«
»Ich glaube nicht. Ich habe keine Handschuhe dieser Farbe.«
»Darf ich sehen?«
Kay streckte die Hand aus.
»Nein.«
»Ziehen Sie ihn doch einmal an.«
Kay versuchte es, aber der Handschuh war ihr zu klein. Auch Mary paßte er nicht. Battle wandte sich abermals an Audrey.
»Ich denke, daß er Ihnen passen wird. Sie haben die kleinsten Hände.«
Audrey streifte den Handschuh über.
Nevile sagte scharf: »Sie hat Ihnen doch schon gesagt, daß er ihr nicht gehört, Inspektor.«
»Na, vielleicht hat sie sich geirrt«, gab Battle zurück. »Oder sie wußte es im Augenblick nicht.«
Audrey sagte: »Es könnte meiner sein – Handschuhe sehen irgendwie alle gleich aus, nicht wahr?«

»Jedenfalls wurde er vor Ihrem Fenster gefunden, Mrs. Strange«, erläuterte Battle. »Er war im Efeu versteckt, zusammen mit dem andern.«

Es entstand eine Pause.

Audrey öffnete den Mund, um etwas zu sagen; dann schloß sie ihn wieder. Vor Battles unverwandtem Blick schlug sie die Augen nieder.

Nevile trat vor.

»Hören Sie, Inspektor ...«

»Ich möchte ein Wörtchen mit Ihnen reden, Mr. Strange«, fiel Battle ernst ein.

»Gern. Gehen wir in die Bibliothek.«

Sobald sich die Tür der Bibliothek hinter Nevile und den beiden Beamten geschlossen hatte, fragte Nevile scharf: »Was soll diese Geschichte mit den Handschuhen, die Sie vor dem Fenster meiner Frau gefunden haben?«

Battle erwiderte ruhig: »Mr. Strange, wir haben in diesem Haus noch mehr seltsame Dinge gefunden.«

Nevile runzelte die Brauen.

»Seltsame Dinge? Was meinen Sie damit?«

»Sie sollen es sehen.«

Auf einen Wink des Inspektors verließ Leach den Raum und kehrte kurz darauf mit einem sonderbar aussehenden Gegenstand zurück.

Battle sagte: »Hier haben Sie eine Eisenkugel, die von einem Kamingitter stammt – eine sehr schwere Eisenkugel. Außerdem haben wir festgestellt, daß ein Tennisracket in zwei Teile zersägt worden ist; die Kugel wurde dann in den Stiel geschraubt.«

Er machte eine Pause, bevor er fortfuhr: »Es besteht nicht mehr der geringste Zweifel, daß Lady Tressilian mit diesem Instrument erschlagen worden ist.«

»Schrecklich!«

Nevile schauderte.

»Aber wo haben Sie dieses gräßliche Ding gefunden?«

»Die Kugel hat der Mörder gereinigt und wieder ans Kamingitter geschraubt. Allerdings hat er vergessen, auch das Ge-

winde zu säubern. Wir fanden Blutspuren daran. Das Racket wurde mit Heftplaster zusammengeflickt und nachlässig zu den andern Sachen in dem Schrank unter der Treppe geworfen. Wahrscheinlich wäre es dort unentdeckt geblieben, wenn wir nicht nach etwas in der Richtung gesucht hätten.«
»Großartig, Inspektor!«
»Reine Routine, Mr. Strange.«
»Und wie steht's mit Fingerabdrücken?«
»Das Racket, das dem Gewicht nach Mrs. Kay Strange gehören dürfte, ist sowohl von Ihnen als auch von Ihrer Frau benutzt worden, denn es zeigt Fingerabdrücke von Ihnen beiden. Aber es fanden sich auch unmißverständliche Spuren, daß es eine Person, die Handschuhe trug, nach Ihnen und Ihrer Frau in den Händen gehabt hat. Ein Fingerabdruck ist jedoch auf dem Heftpflaster zurückgeblieben, vermutlich aus Unachtsamkeit, als das Racket wieder zusammengesetzt wurde. Vorläufig verrate ich noch nicht, um wessen Abdruck es sich dabei handelt. Ich möchte zuerst noch einige andere Punkte erwähnen.«
Battle schaltete eine Pause ein.
Dann sprach er weiter: »Ich muß Sie ersuchen, sich auf einen Schrecken vorzubereiten, Mr. Strange. Eine Frage hätte ich noch zu stellen. Sind Sie ganz sicher, daß *Sie* den Gedanken hatten, mit Ihrer geschiedenen Frau hier zusammenzutreffen? War es nicht vielleicht Mrs. Audrey Stranges Einfall?«
»Audrey hat nichts dergleichen gesagt. Audrey . . .«
Die Tür öffnete sich, und Thomas kam herein.
»Entschuldigen Sie, daß ich so hereinplatze«, sagte er, »aber ich möchte gern dabei sein.«
Mit gequälter Miene wandte Nevile sich ihm zu.
»Seien Sie bitte nicht böse, Royde, aber hier handelt es sich um eine Privatangelegenheit.«
»Das kümmert mich nicht. Ich hörte draußen einen Namen nennen. Audreys Namen.«
»Und was geht das Sie an?« fragte Nevile mit aufsteigendem Zorn.
»Nun, eigentlich nicht mehr und nicht weniger als Sie, wenn

man's genau nimmt. Ich habe mit Audrey noch nicht gesprochen, aber als ich herkam, hatte ich die Absicht, sie um ihre Hand zu bitten; und ich denke, daß sie das weiß.«
Inspektor Battle hüstelte.
Nevile drehte sich zu ihm herum und murmelte: »Entschuldigen Sie, Inspektor. Diese Unterbrechung . . .«
»Das macht nichts, Mr. Strange«, fiel Battle ein. »Ich muß Sie noch etwas fragen. An dem dunkelblauen Anzug, den Sie am Mordabend beim Abendessen trugen, fanden sich innen am Kragen und an der Schulter blonde Haare. Haben Sie eine Ahnung, wie die Haare dahin gekommen sind?«
»Ich nehme an, daß es meine eigenen Haare sind.«
»O nein, Ihre sind es nicht. Es sind Frauenhaare. Und am Ärmel fanden sich rote Haare.«
»Die werden wohl von meiner Frau stammen – von Kay. Meinen Sie, daß die andern von Audrey sind? Gut möglich. Ich erinnere mich, ich verfing mich mit dem Manschettenknopf in ihren Haaren.«
»In diesem Falle müßten sie an der Manschette sein«, murmelte Sergeant Leach.
»Was zum Teufel meinen Sie denn damit?« rief Nevile.
»Innen am Kragen ist auch etwas Puder«, sagte Battle. »Primavera Naturelle Nr. 1 – ein sehr wohlriechender und sehr teurer Puder. Aber es hätte keinen Zweck, wenn Sie mir erzählen würden, daß Sie ihn zu benutzen pflegen, Mr. Strange, denn ich würde Ihnen nicht glauben. Und Mrs. Kay Strange benutzt Orchid Sun Kiss. Mrs. Audrey Strange benutzt Primavera Naturelle Nr. 1.«
»Ja, und?« fragte Nevile.
Battle lehnte sich vor.
»Damit meine ich«, erwiderte er langsam, »daß Mrs. Audrey Strange bei irgendeiner Gelegenheit den Rock anhatte. Sie haben doch auch den Handschuh gesehen, nicht wahr? Es ist tatsächlich ihr Handschuh – der rechte; hier ist der linke.«
Er zog den zweiten Handschuh aus der Tasche und warf ihn auf den Tisch. Der Handschuh war zerknittert und trug rostbraune Flecken.

»Was ist darauf?« fragte Nevile mit erschrockener Stimme.
»Blut, Mr. Strange«, antwortete der Inspektor bestimmt. »Und beachten Sie bitte, daß es der linke Handschuh ist. Mrs. Audrey Strange ist Linkshänderin. Das fiel mir als erstes auf, als ich sie mit der Kaffeetasse in der rechten und mit der Zigarette in der linken Hand am Frühstückstisch sitzen sah. Außerdem liegt das Schreibmaterial auf ihrem Schreibtisch auf der linken Seite. Es paßt alles zusammen. Der Knauf von ihrem Kamingitter, die Handschuhe vor ihrem Fenster, ihre Haare und ihr Puder auf dem blauen Rock. Lady Tressilian wurde an der rechten Schläfe verletzt, aber ihr Bett stand so, daß niemand auf der andern Seite hätte stehen können. Daraus läßt sich schließen, daß ein Schlag mit der rechten Hand sehr schwer zu führen gewesen wäre, hingegen hätte ein Linkshänder den Streich sehr leicht führen können ...«
Nevile lachte zornig.
»Wollen Sie damit sagen, daß Audrey die alte Dame umgebracht hat, um sie zu beerben?«
Battle schüttelte den Kopf.
»O nein. Es tut mir leid, Mr. Strange, aber Sie müssen die Dinge so sehen, wie sie sind. Dieses Verbrechen richtet sich in allererster Linie gegen Sie. Möglich, daß Mrs. Audrey Strange den Gedanken erwog, Sie umzubringen, doch das genügte ihr nicht. Sie sollten als Mörder gehängt werden. Sie wählte den Abend, als Sie mit Lady Tressilian einen Streit hatten. Sie holte Ihren Rock und zog ihn an, damit er Blutspuren abbekam. Sie ließ Ihren Golfschläger am Tatort zurück, da sie wußte, daß er Ihre Fingerabdrücke trug, und sie beschmierte das Ende mit Blut und Haaren. Sie war es, die Ihnen den Gedanken in den Kopf setzte, hier mit ihr zusammenzutreffen. Was Sie rettete, war eine Kleinigkeit, mit der sie nicht hatte rechnen können – die Tatsache, daß Lady Tressilian nach Barrett klingelte, und daß Barrett Sie das Haus verlassen sah.«
Nevile hatte das Gesicht in den Händen vergraben.
Er stöhnte: »Das ist nicht wahr! Das ist nicht wahr! Audrey

hat nie einen Groll gegen mich gehegt. Sie ist der anständigste, treueste Mensch mit einem durch und durch lauteren Herzen ...«

Battle seufzte.

»Es gehört nicht zu meiner Aufgabe, mit Ihnen zu streiten, Mr. Strange. Ich wollte Sie nur vorbereiten. Ich habe den Haftbefehl gegen Mrs. Strange in der Tasche. Sie sollten sich nach einem Verteidiger für sie umsehen.«

»Das ist unsinnig, vollkommen unsinnig!«

»Liebe schlägt leichter in Haß um, als Sie ahnen.«

»Das ist unsinnig!«

Thomas mischte sich ein, seine Stimme klang ruhig und gefaßt.

»Nehmen Sie sich zusammen, Strange. Begreifen Sie denn nicht, daß Sie Audrey nur helfen können, wenn Sie alle Ritterlichkeit beiseite lassen und mit der Wahrheit herausrücken?«

»Mit der Wahrheit? Meinen Sie ...«

»Ich meine die Wahrheit über Audrey und Adrian.«

Thomas wandte sich an die beiden Polizeibeamten.

»Sie müssen wissen, Inspektor, Sie sind über die Zusammenhänge falsch unterrichtet. Nevile hat Audrey nicht verlassen, sondern sie verließ ihn. Sie ging mit meinem Bruder Adrian durch. Dann kam Adrian bei einem Autounfall um. Nevile verhielt sich Audrey gegenüber außerordentlich anständig. Er stellte die Sache so dar, daß er bei der Scheidung der schuldige Teil war.«

»Ich wollte nicht, daß ihr Name in den Schmutz gezogen würde«, murmelte Nevile düster. »Aber ich ahnte nicht, daß jemand etwas davon wußte ...«

»Adrian schrieb mir alles kurz vor seinem Tod«, gab Thomas knapp zurück. Er fuhr fort: »Sehen Sie, Inspektor, das macht ihr Motiv zunichte! Audrey hat keinerlei Ursache, Nevile zu hassen. Im Gegenteil, sie hätte allen Grund, ihm dankbar zu sein. Er wollte ihr einen großzügigen Unterhalt zahlen, was sie nicht angenommen hat. Als er sie dann bat, hier mit Kay zusammenzutreffen, hatte sie natürlich das Gefühl, daß sie nicht gut nein sagen könnte.«

»Ja, das macht das Motiv zunichte«, warf Nevile eifrig ein. »Thomas hat recht.«
Battles hölzernes Gesicht blieb unbeweglich.
»Es kommt nicht nur aufs Motiv an. Vielleicht habe ich mich in diesem Punkt geirrt. Aber die Tatsachen! Alle Tatsachen weisen auf ihre Schuld hin.«
»Vor zwei Tagen wiesen alle Tatsachen auf meine Schuld hin«, sagte Nevile nachdenklich.
Battle schien ein wenig verwirrt zu sein.
»Das stimmt. Ich weiß wohl, worauf Sie hinauswollen, Mr. Strange. Ich soll glauben, daß jemand Sie beide haßt – jemand, der für den Fall, daß der Ihnen gelegte Fallstrick nicht wirkte, einen zweiten gegen Mrs. Audrey Strange gelegt hat. Nun sagen Sie mir, Mr. Strange, gibt es einen Menschen, der Sie und Ihre erste Frau haßt?«
Neviles Kopf ruhte wieder in seinen Händen.
»Wenn Sie es so darstellen, klingt es ganz unglaublich ...«
»Ich muß mich an die Tatsachen halten. Wenn Mrs. Audrey Strange eine Erklärung hat ...«
»Konnte *ich* etwas erklären?« unterbrach Nevile.
Battle stand unvermittelt auf.
»Es hat keinen Zweck, Mr. Strange. Ich muß meine Pflicht tun.«
Die beiden Polizeibeamten verließen den Raum als erste; Nevile und Thomas folgten ihnen auf den Fersen.
Sie gingen durch die Halle ins Wohnzimmer.
Audrey erhob sich und trat ihnen entgegen. Sie blickte Battle gerade ins Gesicht, ihre Lippen schienen lächeln zu wollen.
Sehr sanft fragte sie: »Sie kommen zu mir, nicht wahr?«
Battle schlug einen amtlichen Ton an.
»Mrs. Strange, ich verhafte Sie im Namen des Gesetzes. Sie sind angeklagt, am zwölften September Camilla Tressilian getötet zu haben. Ich mache Sie darauf aufmerksam, daß alles, was Sie sagen, gegen Sie verwendet werden kann.«
Audrey ließ einen Seufzer hören. Ihr klar geschnittenes Gesichtchen war ruhig und rein wie eine Kamee.
»Es ist beinahe eine Erlösung. Ich bin froh, daß es vorüber ist.«

Nevile sprang vor.
»Audrey, sprich nicht! Sag überhaupt nichts!«
Sie lächelte ihn an.
»Aber warum denn, Nevile? Es ist alles wahr, und ich bin so müde.«
Leach atmete tief. So, das war es also. Übergeschnappt natürlich, aber das erspart viel Mühe. Er wunderte sich nur über seinen Onkel. Der sah aus, als hätte er ein Gespenst erblickt. Starrte die unglückliche Irre an, als könnte er seinen Augen nicht trauen. Na, jedenfalls war es ein interessanter Fall gewesen, dachte Leach zufrieden.
Plötzlich, wie als grotesker Höhepunkt des Auftritts, öffnete Hurstall die Tür und meldete: »Mr. MacWhirter.«
MacWhirter kam zielbewußten Schrittes herein und ging schnurstracks auf Battle zu.
»Sind Sie Inspektor Battle, der den Fall Tressilian bearbeitet?« erkundigte er sich.
»Ja.«
»Ich habe eine wichtige Aussage zu machen. Es tut mir leid, daß ich erst jetzt komme, aber es ist mir heute erst aufgegangen, daß ich am Montag abend etwas Wichtiges gesehen habe.«
Er blickte sich um.
»Kann ich mit Ihnen unter vier Augen sprechen?«
Battle wandte sich an seinen Neffen.
»Willst du hier bei Mrs. Strange bleiben?«
Leach antwortete in amtlichem Ton: »Zu Befehl.« Dann beugte er sich vor und flüsterte dem Inspektor etwas ins Ohr.
Battle sagte zu MacWhirter: »Folgen Sie mir bitte.«
Er führte ihn in die Bibliothek.
»Nun, worum handelt es sich? Mein Kollege teilte mir soeben mit, daß er Sie im vergangenen Winter schon mal gesehen hat.«
»Das stimmt«, versetzte MacWhirter. »Selbstmordversuch. Das gehört mit zu meiner Aussage.«
»Bitte, sprechen Sie, Mr. MacWhirter.«

»Im Januar unternahm ich einen Selbstmordversuch, indem ich mich vom Stark Head hinunterstürzte, und nun zog es mich irgendwie an jenen Ort zurück. Montag abend ging ich dorthin. Ich stand eine Zeitlang auf der Klippe. Ich blickte übers Wasser zur Easterhead-Bucht, und dann schaute ich nach links. Das heißt, ich schaute zu diesem Haus hinüber. Im Mondlicht konnte ich es ganz deutlich sehen.«
»Und?«
»Erst heute kam es mir in den Sinn, daß dies der Abend war, an dem der Mord verübt worden ist.«
MacWhirter lehnte sich vor.
»Ich will Ihnen sagen, was ich sah.«

37

Es dauerte nur ungefähr fünf Minuten, bis Battle ins Wohnzimmer zurückkehrte, aber den Anwesenden schien viel mehr Zeit vergangen zu sein.
Kay hatte jählings die Selbstbeherrschung verloren und Audrey angeschrien: »Ich wußte, daß du es warst! Ich wußte es von Anfang an! Ich wußte, daß du etwas im Schilde führtest ...«
Mary fiel rasch ein: »Bitte, Kay!«
Nevile rief scharf: »Halt um Gottes willen den Mund, Kay!«
Ted ging zu Kay hinüber, die in Tränen ausgebrochen war.
»Du mußt dich zusammennehmen«, sagte er freundlich.
Dann wandte er sich ärgerlich an Nevile: »Du scheinst dir nicht darüber im klaren zu sein, daß Kay allerhand durchgemacht hat. Warum nimmst du dich ihrer nicht ein bißchen an, Strange?«
»Ich bin wohlauf«, warf Kay ein.
»Ich wünschte, ich könnte dich von diesem Pack fortbringen!« stieß Ted hervor.
Sergeant Leach räusperte sich. So manche Grobheit wurde unter solchen Umständen vorgebracht, wie er wohl wußte.

Als Battle zurückkehrte, zeigte sein Gesicht nicht den geringsten Ausdruck.
»Wollen Sie bitte ein paar Sachen zusammenpacken, Mrs. Strange?« sagte er. »Leider muß Sergeant Leach Sie in Ihr Zimmer begleiten.«
Mary sagte hastig: »Ich komme auch mit.«
Nachdem die beiden Frauen mit Leach den Raum verlassen hatten, fragte Nevile gespannt: »Nun, was wollte dieser Mann eigentlich?«
Battle erwiderte gemächlich: »MacWhirter hat mir etwas Merkwürdiges berichtet.«
»Etwas, das Audrey hilft? Oder sind Sie noch immer entschlossen, sie zu verhaften?«
»Ich sagte Ihnen schon, Mr. Strange, daß ich meine Pflicht tun muß.«
Mit müder Miene wandte Nevile sich ab.
»Ich rufe wohl am besten Trelawny an.«
»Das eilt vorläufig nicht, Mr. Strange. Ich möchte zunächst noch ein kleines Experiment machen, um Mr. MacWhirters Aussagen zu überprüfen. Aber erst soll Mrs. Audrey Strange aus dem Hause sein.«
An Sergeant Leachs Seite kam Audrey die Treppe herunter. Sie wirkte noch immer irgendwie geistesabwesend.
Mit ausgestreckten Händen ging Nevile auf sie zu.
»Audrey . . .«
Ihr leerer Blick streifte ihn.
»Schon gut, Nevile. Mir macht das nichts. Mir ist alles egal.«
Thomas stand an der Tür, fast als wollte er den Weg versperren.
Ein schwaches Lächeln kräuselte Audreys Lippen.
»Getreuer Thomas«, murmelte sie.
Sehr leise gab er zurück: »Wenn ich irgend etwas tun kann . . .«
»Niemand kann etwas tun«, sagte Audrey.
Erhobenen Hauptes ging sie hinaus. Draußen wartete ein Polizeiwagen mit Jones am Steuer. Audrey und Sergeant Leach stiegen ein.

Ted Latimer bemerkte beifällig: »Ein guter Abgang!«
Wütend wandte Nevile sich zu ihm herum, aber Inspektor Battle schob sich rasch mit seinem schweren Körper dazwischen und sagte beschwichtigend:
»Wie ich schon erwähnte, möchte ich gern ein Experiment machen. Mr. MacWhirter wartet bei der Fähre. In zehn Minuten sollen wir ihn treffen, und dann fahren wir mit einem Motorboot. Die Damen sollten sich etwas Warmes anziehen. Also bitte, in zehn Minuten.«
Es war fast, als gäbe ein Regisseur auf der Bühne Anweisungen. Die verblüfften Gesichter beachtete Battle nicht weiter.

38

Auf dem Wasser war es kalt, und Kay zog die Pelzjacke, die sie trug, enger um sich.
Das Motorboot bog unterhalb des »Möwennestes« in die kleine Bucht ein, die das Haus von der dräuenden Felsmasse des Stark Head trennte.
Ein paarmal wurde eine Frage gestellt, doch jedesmal gab Inspektor Battle mit einer Handbewegung zu verstehen, daß die Zeit noch nicht gekommen sei. So blieb die Stille abgesehen vom Tuckern des Motors und vom Rauschen des Wassers ungebrochen. Kay und Ted standen nebeneinander und schauten auf die Wellen hinunter. Nevile ruhte mit ausgestreckten Beinen in einem Liegestuhl. Mary und Thomas saßen am Bug. Ab und zu warfen alle einen neugierigen Blick auf die große Gestalt MacWhirters, der am Heck stand.
Als das Boot den dunklen Schatten von Stark Head erreicht hatte, stellte Battle den Motor ab und begann in ernstem, nachdenklichem Ton zu reden.
»Dieser Fall gehört zu den eigenartigsten, die ich jemals erlebt habe. Wenn Sie eine Kriminalgeschichte lesen, so haben Sie es fast immer am Anfang mit einem Mord zu tun. Das ist verkehrt. Der Mord beginnt viel früher. Ein Mord ist der Hö-

hepunkt von vielen verschiedenen Einzelsträngen, die in einem bestimmten Augenblick an einem Punkt zusammentreffen, und Menschen, die vorher nichts oder wenig miteinander zu tun hatten, finden sich plötzlich darin verwickelt. Royde kommt aus Indonesien. Mr. MacWhirter ist hier, weil er einen Ort besuchen wollte, an dem er einst einen Selbstmordversuch unternommen hat. Der Mord selber ist das Ende einer Geschichte. Er ist der Schlußpunkt.«

Battle machte eine Pause.

Dann sagte er: »Jetzt sind wir beim Schlußpunkt angelangt.«

Fünf Gesichter waren ihm zugewandt – fünf nur, denn MacWhirter, der allen den Rücken zukehrte, rührte sich nicht. Fünf verwirrte Gesichter.

Mary fragte: »Sie meinen, daß Lady Tressilians Tod der Höhepunkt einer langen Kette von Ereignissen war?«

»Nein, Miss Aldin, nicht Lady Tressilians Tod. Lady Tressilians Tod diente dem Mörder nur als Mittel zum Zweck. Der Mord, von dem ich spreche, ist der Mord an Audrey Strange.«

Er lauschte auf ein scharfes Einziehen des Atems. Er fragte sich, ob es jemand mit der Angst zu tun bekam . . .

»Dieses Verbrechen wurde vor langer Zeit geplant, und zwar bis in die kleinste Einzelheit. Es diente nur dem einen Ziel, Audrey Strange an den Galgen zu bringen . . .

Es wurde von einem Menschen geplant, der sich für sehr gescheit und geschickt hielt. In der Regel sind Mörder eitel. Zuerst gab es all das unbefriedigende Beweismaterial gegen Nevile Strange, das wir durchschauen sollten. Aber da es sich um lauter falsche Indizien handelte, war der Gedanke nicht von der Hand zu weisen, daß auch die neuerlichen Indizien gefälscht waren. Tatsächlich könnten die Indizien, die gegen Audrey Strange vorlagen, ebenfalls gefälscht sein. Das Mordinstrument, das von ihrem Kamin stammte, ihre Handschuhe – der linke blutbefleckt –, die in dem Efeu vor ihrem Fenster versteckt waren; der Puder, den sie zu benutzen pflegt, ihre Haare auf dem blauen Rock; ihr Fingerabdruck, der ganz leicht auf einem Stück Heftpflaster vorhanden sein könnte, das man aus ihrem Zimmer entwendete. Sogar der linkshändige Schlag. Ja, aber dann haben wir da Audrey Stranges Verhalten, als sie verhaftet wurde. Wer könnte danach noch an ihrer Schuld zweifeln? Ich selber hätte wahrscheinlich kaum daran gezweifelt, wenn ich nicht vor einiger Zeit etwas ganz Ähnliches in meinem Privatleben erfahren hätte ... Wie ein Schlag zwischen die Augen war es für mich, als ich sie sah und hörte, weil ich ... ja, Sie müssen wissen, daß ich ein Mädchen kenne, das sich ganz genauso verhielt, das eine Schuld zugab, obwohl es ganz und gar unschuldig war ... und Audrey Strange sah mich mit dem Blick dieses Mädchens an ...

Ich mußte meine Pflicht tun. Das wußte ich. Wir Polizeibeamte haben uns nach dem Augenschein zu richten, nicht nach unseren Gefühlen und Überlegungen. Aber ich kann Ihnen sagen, daß ich in jeder Minute um ein Wunder betete, weil ich erkannte, daß nur ein Wunder der armen Frau helfen konnte.

Und das Wunder kam! Kam im richtigen Augenblick! Mr. MacWhirter erschien und machte seine Aussage.«

Battle änderte den Ton: »Mr. MacWhirter, wollen Sie so freundlich sein und wiederholen, was Sie mir berichtet haben?«

MacWhirter drehte sich um. Er sprach in kurzen Sätzen, die in ihrer Schärfe durchaus überzeugend wirkten. Er begann mit seinem Selbstmordversuch, seiner Rettung und seiner Rückkehr zum Schauplatz des Geschehens.

Dann fuhr er fort: »Montag abend begab ich mich dorthin. Ich stand in Gedanken versunken auf der Klippe. Es mag ungefähr gegen elf Uhr gewesen sein. Ich blickte zu dem Haus hinüber – ›Möwennest‹ heißt es, wie ich inzwischen erfahren habe. Aus einem Fenster dieses Hauses hing ein Seil ins Wasser hinunter. Ich sah einen Mann an dem Seil hinaufklettern ...«

Nur eine Sekunde verstrich, bis die Anwesenden die Bedeutung der Worte erfaßt hatten.

Mary rief: »Dann war es also doch ein Außenstehender! Ein

gewöhnlicher Einbrecher! Mit uns hat die Sache nichts zu tun!«
»Langsam, langsam«, beschwichtigte Battle. »Es war jemand, der vom andern Flußufer kam, ja, da der Betreffende den Fluß schwimmend durchquerte. Aber jemand im Haus mußte das Seil für ihn vorbereitet haben, deshalb ist trotzdem ein Mitbewohner in Betracht zu ziehen.« Langsam fuhr er fort: »Und wir wissen von einem Menschen, der sich an jenem Abend auf dem andern Flußufer befand – jemand, der zwischen halb elf und Viertel nach elf von niemandem gesehen worden ist, und der in dieser Zeit hin- und zurückgeschwommen sein könnte. Jemand, der auf diesem Ufer vielleicht einen Freund hat. – Nun, Mr. Latimer?«
Ted trat einen Schritt vor und schrie mit schriller Stimme: »Aber ich kann ja gar nicht schwimmen! Jeder weiß, daß ich nicht schwimmen kann. Kay, sag du ihnen, daß ich nicht schwimmen kann!«
»Es stimmt, Ted kann nicht schwimmen!« bestätigte Kay.
»Aha«, bemerkte Battle vergnügt. Er bewegte sich auf Ted zu, der immer weiter zurückwich. Plötzlich entstand so etwas wie ein Gewühl, und dann ertönte ein Klatschen.
»Meine Güte«, rief Inspektor Battle bestürzt, »Mr. Latimer ist über Bord gegangen!«
Seine Hand schloß sich um Neviles Arm, als Nevile Anstalten machte, hinterherzuspringen.
»Nein, nein, Mr. Strange. Nicht nötig, daß Sie sich naß machen. Dort stehen zwei kräftige Männer bereit – sehen Sie die beiden, die da im Ruderboot angeln?«
Er spähte ins Wasser.
»Es stimmt«, sagte er dann. »Er kann nicht schwimmen. In Ordnung. Sie haben ihn. Ich werde mich sofort entschuldigen, aber es gibt wirklich nur eine Möglichkeit, sich davon zu überzeugen, daß jemand nicht schwimmen kann – ihn ins Wasser zu werfen und sein Verhalten beobachten. Sie müssen wissen, Mr. Strange, ich gehe gern gründlich vor. Ich mußte erst Mr. Latimer ausschalten. Mr. Royde

kommt wegen seines verkrüppelten Arms nicht in Frage – er kann an keinem Seil hinaufklettern.«
Battles Stimme nahm einen schmeichlerischen Ton an.
»Das führt uns also zu Ihnen, Mr. Strange, nicht wahr? Ein guter Sportsmann sind Sie. Sie setzen um halb elf mit der Fähre über, aber niemand hat Sie vor Viertel nach elf im Hotel Easterhead gesehen, obwohl Sie behauptet haben, Sie hätten dort Mr. Latimer gesucht.«
Nevile machte mit einem Ruck seinen Arm frei. Er warf den Kopf zurück und lachte.
»Ich soll wohl über den Fluß geschwommen und an einem Seil hinaufgeklettert sein . . .«
»Das Sie vorher zu Ihrem Fenster hinausgehängt hatten«, ergänzte Battle.
»Dann tötete ich Lady Tressilian und schwamm zurück? Was für ein phantastischer Gedanke! Warum hätte ich das tun sollen? Und wer trug all das Beweismaterial gegen mich zusammen? Ich selbst, was?«
»Ganz recht.«
»Und aus welchen Gründen sollte ich meine Tante umgebracht haben?«
»Um die Frau an den Galgen zu bringen, die Sie um eines anderen Mannes willen verlassen hat. Sie sind moralisch nicht ganz einwandfrei, junger Mann, und zwar seit Ihrer Kindheit – ich habe mich nämlich ein wenig mit dem Fall beschäftigt, von dem Mr. Treves erzählt hat. Wer Sie kränkt, der muß bestraft werden – und der Tod scheint Ihnen die einzig geziemende Strafe zu sein. Aber ein einfacher Tod genügt für Audrey nicht, für Ihre Audrey, die Sie lieben . . . o ja, Sie liebten sie heiß, bevor Ihre Liebe sich in Haß verwandelte. Einen ganz besonders grausamen Tod dachten Sie sich für sie aus, und die Tatsache, daß dabei eine Frau daran glauben mußte, die wie eine Mutter zu Ihnen war, störte Sie nicht im geringsten . . .«
Nevile unterbrach den Inspektor, und seine Stimme klang ganz sanft: »Alles Lüge! Alles Lüge! Ich bin doch nicht verrückt.«

Voller Verachtung fuhr Battle fort: »Ihre Eitelkeit war verletzt, und vor der Welt taten Sie so, als hätten Sie Ihre Frau um einer andren willen verlassen, und dann heirateten Sie das Mädchen, das in Sie verliebt war, um auf diese Weise prahlen zu können. Aber im geheimen schmiedeten Sie einen Plan, wie Sie Audrey zugrunde richten könnten. Nichts Schlimmeres fiel Ihnen ein, als sie an den Galgen zu bringen – ein guter Einfall, ein Glück, daß Sie ihn nicht besser ausgeführt haben! Kindisch, wirklich kindisch!«
Neviles breite Schultern zuckten. Ein sonderbarer Schrei entrang sich seinem Mund.
»Es war auch ein guter Einfall! Nie, nie wären Sie mir auf die Spur gekommen, wenn sich dieser Dummkopf nicht eingemischt hätte! Jede Einzelheit hatte ich mir sorgfältig überlegt. Aber wie hätte ich auch wissen sollen, daß Royde die Wahrheit über Audrey und Adrian kannte? Audrey und Adrian ... Fluch über Audrey! Sie soll hängen! Sie müssen sie an den Galgen bringen! Ich will, daß sie einen schlimmen Tod erleidet ... Ich hasse sie! Ich sage Ihnen, ich will, daß sie stirbt ...«
Die hohe, wimmernde Stimme erstarb. Nevile sackte zusammen und begann leise zu weinen.
»O Gott«, stöhnte Mary, kalkweiß im Gesicht.
Leise, in liebenswürdigem Ton sagte Battle: »Es tut mir leid, daß ich bis zum Äußersten gehen mußte, ich hatte kein stichhaltiges Beweismaterial, verstehen Sie.«
Nevile wimmerte noch immer. Seine Stimme war wie die eines Kindes.
»Ich will, daß sie gehängt wird. Ich will, daß sie gehängt wird ...«
Mary schauderte und wandte sich Thomas zu, der ihre Hände in die seinen nahm.

39

»Ich hatte immer Angst«, sagte Audrey.

Sie saß auf der Terrasse. Inspektor Battle, der seinen Urlaub verlängert hatte und im »Möwennest« zu Gast war, hatte neben Audrey Platz genommen.

»Immerzu hatte ich Angst, die ganze Zeit«, sagte Audrey.

Battle nickte.

»Das erkannte ich im ersten Augenblick, als ich Sie sah. Und Sie hatten die farblose Haltung der Menschen angenommen, die eine sehr starke Gemütsbewegung zu dämpfen versuchen. Es konnte Liebe oder Haß sein, aber tatsächlich war es Furcht, nicht wahr?«

»Ja, ich begann mich schon kurz nach der Hochzeit von Nevile zu fürchten. Aber das Schreckliche war, daß ich nicht wußte, wovor ich mich eigentlich fürchtete. Ich fing schon an, mich für verrückt zu halten.«

»Sie waren es nicht.«

»Als ich Nevile heiratete, wirkte er ganz besonders gesund und normal – war stets guter Laune und ausgeglichen.«

»Interessant«, sagte Battle. »Er spielte die Rolle des guten Sportsmannes, verstehen Sie. Deshalb konnte er auch beim Tennis solche Selbstbeherrschung üben. Seine Rolle als guter Sportsmann war ihm wichtiger als zu gewinnen. Aber natürlich versetzte es ihn in dauernde Spannung, diese Rolle durchzuhalten. Innerlich zermürbte es ihn.«

»Innerlich«, wiederholte Audrey schaudernd. »Äußerlich war nichts zu fassen. Nur manchmal ein Wort oder ein Blick . . . und dann dachte ich, ich hätte mir das nur eingebildet. Und so bekam ich immer mehr Angst. Ich sagte mir, ich sei verrückt, aber das half nichts. Ich fühlte, daß ich etwas unternehmen mußte, um von ihm fortzukommen. Und dann erschien Adrian und gestand mir seine Liebe, und ich malte mir aus, wie schön es wäre, mit ihm fortzugehen, und er sagte . . .«

Sie brach ab.

Nach einer Pause sprach sie weiter: »Sie wissen, was geschah? Ich ging fort, um mich mit Adrian zu treffen ... aber er kam nicht ... er fand den Tod ... Ich hatte das Gefühl, als hätte Nevile das Unglück herbeigeführt.«

»Vielleicht war das auch der Fall«, warf Battle ein.

Mit erschrockener Stimme wandte Audrey sich ihm zu.

»Oh, glauben Sie das wirklich?«

»Wir werden es wohl nie erfahren. Autounfälle lassen sich manipulieren. Sie sollten aber nicht darüber nachgrübeln, Mrs. Strange. Ebensogut kann es Zufall gewesen sein.«

»Ich ... ich war ganz gebrochen. Ich kehrte ins Pfarrhaus zurück – in Adrians Elternhaus. Wir hatten seiner Mutter schreiben wollen, doch da sie noch nichts von uns beiden wußte, hielt ich es für besser, sie nicht darüber aufzuklären, damit sie nicht noch mehr Kummer erlitt. Nevile kam sofort. Er war sehr nett und freundlich, und die ganze Zeit, während ich mit ihm sprach, war ich fast krank vor Angst! Er sagte, niemand brauche über Adrian Bescheid zu wissen, er wolle die Schuld auf sich nehmen und nach der Scheidung sich wiederverheiraten. Ich empfand große Dankbarkeit. Ich wußte, daß Kay ihm gefiel, und ich hoffte, daß sich alles zum Besten kehren und daß ich meine sonderbare Besessenheit überwinden würde. Noch immer dachte ich, daß ich die Wahnsinnige sei. Aber ganz vermochte ich dem Gefühl nie zu entrinnen. Und dann traf ich eines Tages Nevile im Park, und er setzte mir auseinander, daß er sich freuen würde, wenn ich mich mit Kay anfreunden und mit ihnen beiden im September hierherkommen würde. Ich konnte kaum nein sagen, nachdem er sich mir gegenüber so liebenswürdig gezeigt hatte.«

»›Darf ich Sie in meinen Salon bitten?‹, sagte die Spinne zur Fliege«, zitierte der Inspektor.

Audrey schüttelte sich.

»Ja, genauso war's ...«

»In diesem Punkt verhielt er sich sehr geschickt«, sagte Battle. »Er erhob so laut Anspruch darauf, der Urheber des Einfalls zu sein, daß jedermann daran zweifelte.«

»Und dann kam ich her ... und es war wie ein Alptraum. Ich

spürte, daß sich etwas Entsetzliches vorbereitete, ich spürte, daß Nevile etwas im Schilde führte und daß es gegen mich gerichtet war. Aber ich ahnte nicht, was es sein könnte. Ich glaubte, den Verstand zu verlieren. Ich war wie gelähmt vor Angst ... wie es einem im Traum ergeht, wenn man verfolgt wird und sich nicht rühren kann ... Als Lady Tressilian ermordet wurde, begriff ich immer noch nichts. Ich war nur verwirrt. Ich verdächtigte Nevile nicht einmal. Ich wußte, daß die Geldfrage bei ihm gar keine Rolle spielte. Es war absurd, sich vorzustellen, daß er seine Tante umgebracht haben sollte, um fünfzigtausend Pfund zu erben. Immer wieder dachte ich an die Geschichte, die Mr. Treves uns erzählt hatte, doch brachte ich sie ebensowenig mit Nevile in Zusammenhang. Mr. Treves hatte von einem körperlichen Merkmal gesprochen, an dem er das Kind jederzeit wieder erkennen würde. Nun, ich selbst habe eine Narbe am Ohr, aber bei allen andern fiel mir nichts auf.«

Battle unterbrach: »Miss Aldin hat eine weiße Haarsträhne. Mr. Roydes rechter Arm ist steif, was nicht unbedingt die Folge eines Erdbebens zu sein braucht. Mr. Latimer zeichnete sich durch eine eigenartige Schädelform aus. Und Nevile Strange ...«

»Nevile hat doch gar kein besonderes Kennzeichen?«

»O doch. Sein kleiner Finger an der linken Hand ist kürzer als der an der rechten. Das ist sehr ungewöhnlich, Mrs. Strange, wirklich sehr ungewöhnlich.«

»Das war es also?«

»Ja, das war es.«

»Und Nevile hat das Schild am Lift angebracht?«

»Ja. Er lief rasch hinüber und wieder zurück, während Royde und Latimer den alten Herrn noch bewirteten. Geschickt und einfach. Allerdings bezweifle ich, daß wir diesen Mord jemals werden beweisen können.«

Audrey schauderte wieder.

»Nun, meine Liebe«, meinte Battle beruhigend, »jetzt ist ja alles vorbei. Erzählen Sie weiter. Wann kam Ihnen zum ersten Mal der Gedanke, daß Nevile hinter all dem steckte?«

»Genau weiß ich es nicht. Der Gedanke kam mir ganz plötzlich. Nevile stand ja plötzlich reingewaschen da, und so blieben nur noch wir andern übrig. Und dann merkte ich mit einem Mal, wie er mich ansah ... mit einem hämischen Blick. Und da wußte ich Bescheid. Ich dachte ...«

»Nun?«

Audrey sagte langsam.

»Ich dachte, es sei am besten, rasch Schluß zu machen.«

Battle schüttelte den Kopf.

»Niemals aufgeben – das ist meine Devise.«

»Oh, Sie haben durchaus recht. Aber Sie ahnen nicht, in was für eine Verfassung man gerät, wenn man so lange Zeit in Angst gelebt hat. Man ist wie gelähmt, man kann nicht mehr denken, keine Pläne mehr machen ... man wartet nur darauf, daß etwas Schreckliches geschieht. Und dann, wenn es geschieht ...« Audrey lächelte flüchtig, »dann ist man ganz erleichtert! Kein Warten mehr, keine Furcht mehr – es ist geschehen. Sie werden mich sicher für verrückt halten, wenn ich Ihnen sage, daß ich nicht die geringste Auflehnung empfand, als Sie mich verhafteten. Nevile hatte sein schlimmes Werk getan, und alles war überstanden.«

»Die Verhaftung erfolgte nicht ohne Absicht«, erklärte der Inspektor. »Ich wollte Sie außer Reichweite dieses Irren haben. Außerdem wußte ich, daß ich ihn nur durch einen plötzlichen Schrecken zu einem Geständnis bringen konnte. Er hielt seinen Plan für gelungen – so war die Überraschung für ihn um so größer.«

Audrey fragte leise: »Und wenn er nicht gestanden hätte?«

»Dann hätten wir sehr wenig Beweismaterial gehabt. Nur MacWhirters Aussage über einen Mann, den er im Mondlicht an einem Seil hinaufklettern sah; das Seil selber, das die Aussage bestätigte, da es noch immer naß war. Es regnete an jenem Abend, wie Sie sich vielleicht noch erinnern. Und dann war da der graue Anzug. Natürlich zog Nevile sich am gegenüberliegenden Ufer aus und warf seinen Anzug in eine Felsspalte. Zufällig hatte die Flut einen toten faulen Fisch in die Spalte gespült. Dadurch entstand an der Schulter ein

Fleck, und der Rock stank. Wie ich feststellte, gab es im Hotel Gerede über eine kaputte Rohrleitung. Dieses Gerücht hatte Nevile ausgestreut. Über seinem Anzug trug er einen Regenmantel, aber der Geruch war durchdringend. Später wurde ihm die Sache mit dem Anzug doch unheimlich, und bei erster Gelegenheit brachte er den Anzug in eine Reinigung, wobei er es unterließ, seinen richtigen Namen anzugeben. Aufs Geratewohl nannte er einen Namen, den er im Hotelregister gesehen hatte. So fügte es sich, daß unserem Freund MacWhirter Neviles grauer Anzug in die Hände fiel, und da er einen guten Kopf hat, reimte er sich die Angelegenheit mit dem Seilkletterer zusammen. Man kann am Strand auf einen verdorbenen Fisch treten, aber die Schulter eines Rockes kann nur mit ihm in Berührung kommen, wenn man sich in der Dunkelheit auszieht, und niemand würde an einem nassen Septemberabend zu seinem Vergnügen baden. Wirklich, ein sehr gescheiter Mann, dieser MacWhirter.«

»Mehr als gescheit«, sagte Audrey.

»Hm, möglich. Möchten Sie etwas über ihn erfahren? Ich kann Ihnen einiges von ihm erzählen.«

Battle berichtete, was er wußte, und stellte fest, daß Audrey eine außergewöhnlich aufmerksame Zuhörerin war.

Schließlich sagte Audrey: »Ich schulde ihm Dank – und auch Ihnen.«

»Ach, mir schulden Sie nicht viel«, entgegnete der Inspektor. »Wenn ich nicht so vernagelt gewesen wäre, hätte ich die Sache mit der Glocke gleich durchschaut.«

»Die Sache mit der Glocke? Mit was für einer Glocke?«

»Ich meine die Glocke in Barretts Zimmer. Ich hatte von Anfang an das Gefühl, daß damit etwas nicht stimmte. Beinahe hatte ich den Zusammenhang auch erfaßt, als ich die Treppe vom obersten Stock hinunterging und eine der Stangen sah, mit denen man die Fenster im Treppenhaus öffnet. Sehen Sie, auf der Glocke beruhte Neviles ganzes Alibi. Lady Tressilian konnte sich nicht erinnern, warum sie nach Barrett geläutet hatte – natürlich nicht, weil sie überhaupt nicht nach ihr geklingelt hatte! Nevile setzte die Glocke vom Treppenhaus aus in Betrieb, indem er mit der Stange an die Drähte rührte, die an der Decke entlangführten. Daraufhin kam Barrett. Sie sah Nevile Strange das Haus verlassen und fand Lady Tressilian wohl und munter vor. Die ganze Sache mit dem Mädchen erschien mir von Anfang an faul. Wozu sie betäuben, wenn der Mord vor Mitternacht ausgeführt werden sollte? Daraus mußte geschlossen werden, daß der Mörder unter den Hausbewohnern zu suchen ist, und auf diese Weise konnte Nevile eine Zeitlang die Rolle des Verdächtigen spielen. Doch dann macht Barrett ihre Aussage, und Nevile steht so prächtig reingewaschen da, daß niemand auf den Gedanken kommt, sich mit der Frage zu beschäftigen, wann er eigentlich im Hotel eingetroffen ist. Wir wissen, daß er nicht mit der Fähre zurückfuhr; und da kein Boot vorhanden ist, blieb nur die Möglichkeit des Schwimmens. Die Zeit war knapp, aber seine Schwimmkünste sind überdurchschnittlich. Eiligst das Seil hinauf, das aus seinem Fenster hing, wobei er den Fußboden naß machte (wir bemerkten die Pfütze, aber da sie ohne Zusammenhang schien, beachteten wir sie nicht weiter); dann in den blauen Anzug hinein, zu Lady Tressilians Zimmer hinüber . . . ich will die Einzelheiten nicht beschreiben, doch all das nahm nur wenige Minuten in Anspruch. Die Stahlkugel hatte er natürlich schon vorher bereitgelegt. Hierauf schlich er sich in sein Zimmer zurück, zog den Anzug aus, kletterte am Seil hinunter und schwamm nach Easterhead zurück.«

»Aber wenn Kay in sein Zimmer gekommen wäre?«

»Ich wette, daß er ihr ein leichtes Schlafmittel gegeben hat. Sie gähnte immerzu seit dem Abendessen, wie man mir berichtet hat. Außerdem hat er einen Streit mit ihr vom Zaune gebrochen, um sicher zu sein, daß sie mit ihm schmollte und sich von ihm fernhielt.«

»Ich habe gar nicht gemerkt, daß die Kugel an meinem Kamingitter fehlte. Da sieht man mal, wie schlecht wir Frauen beobachten! Wann hat er sie eigentlich wieder an ihren Platz gebracht?«

»Am nächsten Morgen, als das Durcheinander losging. Nach

seiner nächtlichen Rückkehr blieb ihm genügend Zeit, um alle Spuren zu verwischen und die Ausführungen seines Plans fortzusetzen. Er flickte das Racket ... ja, übrigens, ich vergaß: Er hat die alte Dame mit einem Rückhandschlag umgebracht. Deshalb sah es so aus, als sei das Verbrechen von einem Linkshänder verübt worden. Nevile Stranges Backhand war berühmt, wie Sie wissen!«

»Oh, hören Sie auf!« Audrey hob flehend die Hände. »Ich kann es nicht mehr ertragen.«

Battle lächelte sie an.

»Trotzdem hat es Ihnen gutgetan, sich einmal auszusprechen. Jetzt müssen Sie sich aber ganz energisch klarmachen, daß der Alptraum ein Ende gefunden hat und daß Sie keine Angst mehr zu haben brauchen.«

Audrey lächelte zurück. Der erstarrte Ausdruck war von ihrem Gesicht gewichen; es zeigte Ruhe und Vertrauen, und in den großen Augen lag Dankbarkeit.

Ein wenig zögernd fragte sie: »Sagten Sie nicht den andern, daß Sie ein Mädchen kennen, das sich genauso benommen hat wie ich?«

Battle nickte langsam.

»Meine eigene Tochter«, erwiderte er. »Sehen Sie, meine Liebe, dieses Wunder mußte geschehen. Solche Dinge begegnen uns, damit wir daraus lernen!«

40

Andrew MacWhirter packte seine Siebensachen.

Sorgfältig legte er drei Hemden in den Koffer und dann seinen dunkelblauen Anzug – den richtigen, frisch gereinigt und gebügelt. Der Tatsache, daß zwei blaue Anzüge von zwei verschiedenen MacWhirters abgegeben worden waren, hatte sich das Mädchen im Geschäft entschieden nicht gewachsen gefühlt.

Es wurde an die Tür geklopft, und MacWhirter rief: »Herein!«

Audrey trat ein und sagte: »Ich komme, um Ihnen zu danken. Oh, Sie sind beim Packen?«
»Ja, ich fahre heute abend. Und übermorgen geht mein Schiff.«
»Nach Südamerika?«
»Nach Chile.«
»Warten Sie, ich helfe Ihnen beim Packen«, erbot sie sich.
Er versuchte zu widersprechen, aber sie ließ sich nicht abhalten.
Er sah ihr zu, während sie geschickt und planmäßig zu Werke ging.
»So«, sagte sie zufrieden, als sie fertig war.
»Das haben Sie wirklich sehr gut gemacht«, lobte MacWhirter.
Es entstand ein Schweigen.
Schließlich sagte Audrey: »Sie haben mir das Leben gerettet. Wenn Sie nicht zufällig gesehen hätten, was Sie gesehen haben ...«
Sie brach ab.
Dann fragte sie: »Damals, an dem Abend, als Sie ... als Sie mich daran hinderten, mich von der Klippe hinunterzustürzen, und als Sie sagten: ›Gehen Sie nach Hause, ich will dafür sorgen, daß Sie nicht gehängt werden‹ ... war Ihnen da schon klar, daß Sie über wichtiges Beweismaterial verfügten?«
»Eigentlich nicht«, antwortete MacWhirter. »Ich mußte mir die Sache erst überlegen.«
»Aber wie konnten Sie dann Ihre Aussage machen?«
MacWhirter wurde immer etwas verlegen, wenn er seine einfachen Gedankengänge erklären mußte.
»Was ich sagte, das meinte ich auch – ich wollte verhindern, daß Sie gehängt würden.«
In Audreys Wangen stieg die Farbe.
»Angenommen, ich hätte es getan ...«
»Das hätte keinen Unterschied gemacht.«
»Glaubten Sie denn, daß ich es getan hätte?«
»Darüber dachte ich nicht weiter nach. Ich neigte zu der An-

sicht, daß Sie unschuldig wären, aber meine Handlungsweise wurde davon nicht beeinflußt.«
»Und dann fiel Ihnen der Mann ein, den Sie an dem Seil hinaufklettern sahen?«
Er schwieg eine Weile. Schließlich räusperte er sich.
»Sie können es eigentlich geradesogut wissen. In Wirklichkeit habe ich gar keinen Mann an einem Seil hinaufklettern sehen – das wäre auch gar nicht möglich gewesen, denn ich war am Sonntag abend auf dem Stark Head, nicht am Montag. Ich reimte mir nur nach meiner Entdeckung mit dem Anzug alles zusammen, und als ich dann im Abstellraum das feuchte Seil fand, fühlte ich mich meiner Sache sicher.«
Jetzt war Audrey nicht mehr rot, sondern ganz blaß. Ungläubig rief sie: »Ihre ganze Geschichte war erlogen?«
»Schlußfolgerungen wären bei der Polizei nicht ins Gewicht gefallen. Ich mußte sagen, daß ich das Ganze *gesehen* hätte.«
»Aber . . . unter Umständen hätten Sie Ihre Aussage vor Gericht beschwören müssen.«
»Gewiß.«
»Hätten Sie das getan?«
»Ja.«
Fassungslos stieß Audrey hervor: »Und Sie sind der Mann, der seine Stellung verlor und Selbstmord begehen wollte, weil er sich nicht dazu bewegen ließ, von der Wahrheit abzuweichen!«
»Ich halte sehr viel von der Wahrheit. Aber ich habe entdeckt, daß es noch wichtigere Dinge gibt.«
»Zum Beispiel?«
»Sie«, sagte MacWhirter.
Audrey senkte die Augen.
Abermals räusperte er sich.
»Sie brauchen sich mir gegenüber nicht verpflichtet zu fühlen oder dergleichen. Sie werden nie mehr etwas von mir hören. Die Polizei hat Stranges Geständnis und braucht meine Zeugenaussage nicht. Vielleicht wird er auch gar nicht vor Gericht kommen, denn soviel ich gehört habe, geht es ihm gesundheitlich gar nicht gut.«

»Ich wäre froh, wenn er ein anderes Ende fände«, gab sie leise zurück.
»Sie hatten ihn früher sehr gern, nicht wahr?«
»Den Mann, den ich in ihm sah.«
MacWhirter nickte.
»So ist es uns allen wohl ergangen.«
Nach einer kleinen Weile fuhr er fort: »Alles hat sich zum Guten gewendet. Inspektor Battle konnte auf meine Aussage hin handeln und das Geständnis herbeiführen . . .«
Audrey unterbrach ihn: »Er handelte auf Ihre Aussage hin, ja. Aber ich glaube nicht, daß Sie ihn zum Narren gehalten haben. Er schloß absichtlich die Augen.«
»Wie kommen Sie darauf?«
»Als er mit mir sprach, erwähnte er Ihre Aussage von einem Manne, den Sie im Mondlicht an einem Seil hinaufklettern sahen, und nachher wies er darauf hin, daß es an dem Abend geregnet hat.«
MacWhirter war verblüfft.
»Das stimmt. Ich bezweifle, daß ich am Montag abend etwas hätte sehen können.«
»Er wußte also ganz genau, daß Ihre Aussage nicht stimmte, daß es sich aber in Wirklichkeit so abgespielt haben mußte. Und das erklärt auch, warum er Nevile so zusetzte, bis er gestand. Der Inspektor verdächtigte Nevile, sobald er durch Thomas von meiner Beziehung zu Adrian erfuhr. Da wußte er, daß er den wahren Täter kannte und daß es ihm doch an Beweismaterial fehlte. Er sehnte ein Wunder herbei – Sie waren die Antwort auf Inspektor Battles Stoßgebet.«
»Na, na, bißchen übertrieben.«
»Doch, Sie sind ein Wunder«, sagte Audrey. »Mein besonderes Wunder.«
Er wiederholte ernst: »Ich möchte nicht, daß Sie sich mir gegenüber irgendwie verpflichtet fühlen. Ich verschwinde nun aus Ihrem Leben . . .«
Er starrte sie an.
Sie errötete. Doch tapfer fragte sie: »Mögen Sie mich nicht mitnehmen?«

»Sie wissen nicht, was Sie da sagen!«
»Doch, ich weiß es. Ich tue etwas sehr Schwieriges – aber das bedeutet mir mehr als Leben oder Tod. Ich weiß, daß die Zeit knapp ist. Übrigens bin ich eine konventionelle Natur . . . ich würde gern heiraten, bevor wir fahren!«
»Natürlich«, antwortete er tiefbewegt. »Audrey, du darfst nicht glauben, daß ich an etwas anderes gedacht hätte.«
»Davon bin ich überzeugt.«
MacWhirter hatte sich noch immer nicht ganz gefaßt.
»Willst du mich denn wirklich? Ich dachte, du würdest deinen alten Freund heiraten, diesen ruhigen Mann . . .«
»Thomas? Der liebe, getreue Thomas! Er ist allzu treu. Er wahrt einem Bild die Treue, dem Mädchen, das er vor langer Zeit einmal geliebt hat. Jetzt aber liebt er in Wirklichkeit Mary Aldin, nur weiß er es selber noch nicht.«
MacWhirter trat einen Schritt auf Audrey zu. »Ist es dir tatsächlich ernst?«
»Ja. Ich möchte immer bei dir sein, möchte dich nie verlassen. Wenn du von mir gehst, werde ich nie mehr einen Menschen wie dich finden und mein ganzes Leben lang einsam sein.«
Er seufzte. Dann holte er seine Brieftasche hervor und untersuchte sorgfältig ihren Inhalt. Schließlich murmelte er: »Eine Bewilligung für eine beschleunigte Trauung ist teuer. Morgen früh muß ich als erstes auf die Bank gehen.«
»Ich könnte dir etwas Geld leihen«, schlug Audrey vor.
»Das wirst du nicht tun. Wenn ich schon heirate, bezahle ich auch die Bewilligung. Verstehst du?«
»Du mußt mich deshalb nicht so finster anschauen«, lächelte Audrey.
Er sagte zärtlich, während er sie in die Arme schloß: »Als ich dich zum ersten Mal berührte, fühltest du dich an wie ein Vögelchen, das mir entflattern wollte. Jetzt sollst du mir nie entrinnen . . .«
Sie sagte: »Das will ich auch gar nicht.«